Universale Economica Feltrinelli

SIBILLA ALERAMO
IL PASSAGGIO

A cura di Bruna Conti

Feltrinelli

© Giangiacomo Feltrinelli Editore Milano
Prima edizione nell'"Universale Economica" febbraio 2000

ISBN 88-07-81588-5

IL PASSAGGIO

Tutto sarà trasformato
in qualcosa di ricco e di strano.

SHAKESPEARE

Il silenzio

Il silenzio attende. Il silenzio, la più fedele cosa che in vita m'abbia allacciato. Più grande di me, via via ch'io crescevo anch'esso cresceva, sempre pareva volesse ascoltarmi e tacevamo insieme, ed ancora io mi ritrovavo uguale fra le sue braccia, senza statura, senza età, creata dal silenzio stesso, forse, per un suo desiderio immutabile, o forse non mai nata, larva ch'esso proteggeva.

Ancora una volta sono sola, sono lontana, e tutto intorno tace.

Lontano è chi mi ama, chi forse stanotte è pronto a sparire e mi benedice avendo creduto in me. Lontani quelli che ho fatto soffrire e quelli che m'hanno fatto soffrire, quelli che vorrebbero dimenticarmi e non sanno di non avermi conosciuta. E ci sono sfondi dove non sono attesa e dove altri viluppi di luce e d'ombra stanno e palpitano: invano il silenzio li cinge.

Nelle acque ferme laggiù tra i giunchi le stelle riposano.

Perché debbo cederti, o mio fedele?

Tu che delle inutili domande tanto ripetute fra i singhiozzi facevi entro il mio petto improvvisi guizzi di melodia, tu, s'io guardavo sino al torpore forme docili ed insensate, qualche tizzo che ardeva, qualche rama squassata al vento, un poco di parete bianca o un'allegoria di vele di ali sul mare.

Sono sola, nessun fiato fuor che il mio agita la fiamma di questa piccola lucerna.

Fuori, nel buio, qualcosa dilegua, ad ogni istante muore.

Lontane ugualmente da me la morte e la vita, s'io alfine parli.

Ma come se quest'ora tuttavia fosse la mia ultima.

Come s'io non dovessi mai più ritrovarmi nuova sotto la carezza dell'aria.

È l'ora nostra, o mio fedele, ferma come le acque là tra i giunchi dove le stelle riposano.

Le ali

Prendo la mia forza, e prendo la mia pena e la mia ansia.

Chi mi ha fatta così forte?

Per tanto tempo ho creduto fosse un miracolo: sapevo d'avere in me elementi in guerra, la soavità di mia madre e la violenza di mio padre, la timorosa melanconia dell'una e la ribelle baldanza dell'altro, il desiderio di cantare a voce sommessa per me sola e quello d'agire in mezzo al mondo, istinto di dedizione e istinto di conquista in opposizione perpetua: in tutto ciò non vedevo che cespite di debolezza. I miei genitori errarono unendosi, mi dicevo: è nella diversità delle loro tempre la causa del male che porto dentro me senza riparo. E se nonostante il male c'è in me anche tanto incredibile valore, mi dicevo, si tratta d'un prodigio ch'è vano sondare.

Ma, or non è molto, una notte ch'io vegliavo dopo non so quante altre, in una stanza dove saliva il ritmo ferrigno d'un fiume in piena, e nella veglia, giacendo immobile, guardavo fissa al fantasma d'un lungo supplizio da cui mi strappavo allora con un più grande impulso di vita, d'improvviso un pensiero, ch'era insieme una certezza, mi sfolgorò dinanzi nel buio. Pensiero od immaginazione non so. Io non so se i nomi di cui mi servo per tutte le cose di cui parlo sono i veri. Sono stati creati da altri, tutti i nomi, per sempre. Ma quel che importa non è nominare, è mostrare le cose. Quella notte, mentre io ascoltavo la voce del fiume gorgogliar aspra sotto gli archi del ponte e guardavo nel mio petto un dolore già indurito, già pronto a divenir pietra, mi trovai a pensare come in sogno a ciò che aveva unito mia madre e mio padre, al loro amore. Pensai le loro due giovinezze. Io ero stata concepita in un'estasi e in un delirio da quelle due creature allora nuove, belle, vittoriose d'ogni tristezza per me in quel mio primo attimo. Bacio da cui son nata, eri un canto ch'esprimevano per me due innamorati, eri canto pieno, ed io t'ho portato nelle vene, eco che nulla mai ha potuto estinguere. Io la primogenita, frutto di gioia, fusione di due fiamme. Si amavano perché non si somigliavano, perché tutto dell'uno meravigliava l'altro. E le loro esistenze si gettavano incontro per me, per formare una creatura unica, che vivesse la vita intera, la vita così diversa in lor due, l'accettasse e l'amasse nella sua totalità. Essi non lo sapevano. Se lo avessero saputo, forse, dopo avermi veduto nascere si sarebbero staccati, forse non avrebbero voluto creare insieme altri figli con diminuito impeto, per un destino meno gagliardo. In me sola s'è trasmesso veramente ciò che li congiunse. Forza d'amore che perennemente solve in me ogni malore. Per quante volte nelle notti offersi il mio cuore ad una scure tralucente e l'ascoltai rintoccare cupo nel gran vuoto, sempre, poi che ancora non era l'ora della morte, potei rialzarmi e tendermi all'alba verso il cielo bianco, tendere le braccia alla giornata nuova. E se quei due, ora così lontani, null'altro m'avessero dato, questo basterebbe, questa volontà chiara di essere.

La lampada della vita – le mie mani l'hanno afferrata.

Creatura mattutina, agito dolce l'aria quando il giorno sorge limpido e sulla fronte benedice e rapisce, veramente fatto di cielo.

Mattini di primavera in cui adolescente scopersi che le rame degli ulivi eran d'argento e fremevano e fervevano nel sole. Mattini dell'ultimo settembre nell'isola di rupi e di rovi così aspra come bella. E altri par che mi aspettino, su rive che ancor non conosco o fors'anche dove già passai in sere grigie. Ritorni perfetti di melodie, attimi d'identità luminosa. La terra ed io siamo una sola cosa intensa che solleva l'azzurro.

Ma un altro ritmo anche torna senza mai affievolirsi. Sopra una distesa enorme di mare in tempesta, sul fragore di bianche onde, bianche ali di gabbiani danzano. Sembra che danzino, in accordo con le cime fluttuanti, accompagnano con il volo e con lo svariar dei riflessi candidi la sommossa acqua e la spuma e le nuvole folte a l'orizzonte. Cercano la vita tra il furore, vivono così librandosi con fiera armonia nello spazio iroso. Quando le grandi acque ridiventano color turchese e soltanto più un brivido sottile le sfiora, i gabbiani dileguano.

Ansia, ala inquieta dell'anima mia!

"Signore, fammi diventare grande e brava" pregavo da bimba accanto alla mamma. Unico tempo in cui ho pregato, unica mia preghiera, ed era piuttosto una promessa, quasi un patto.

Ansia di tutto comprendere, di tutto rispettare e sormontare. Attenzione trepida ed instancabile, religiosa vigilanza della mia umanità. Come se io fossi, invece d'una persona, un'idea, un'idea da estrarre, da manifestare, da imporre, da portare in salvo. Respira in me occultamente una vita sacra?

Pur sono quella stessa che sorride nelle fresche aurore, simile ad una corolla sbocciata per quel dì soltanto.

Con mani amorose ho alzata la face trasmessami. Ho contemplato l'agitato mistero del mio spirito, e il lucido aspetto dell'universo, e tanti che ho pensato vivi come me, uomini e donne, ed il pulsar delle vene sulla loro fronte.

Uomini e donne sono sul mio cammino perch'io li ami.

Li amo, li sento vivere, la loro vita si aggiunge alla mia.

Che cosa io sarei senza questi incontri, senza le strade che ho percorso?

Tutto m'attendeva, e nell'ora esatta.

Tutti m'hanno dato. Tutti pareva fossero stati creati per me, per far che divenissi, sì, più grande per ognuno che avvicinavo, e più brava. Li guardavo perdutamente, e così adorando credevo di darmi ed invece prendevo. Grazia di volti e di corpi, bagliori d'anime, gloria di godimenti e di patimenti, messaggio senza fine. Mi son venute parole anche dalle vite deformi e dalle informi. E dove passo ignota, quasi furtiva, ivi pure imagino talvolta di toccare col mio spirito coloro che non mi scorgono, di rapirli un attimo a loro stessi, in un caldo gorgo. Alte vallate, casolari fra i prati, l'erba smorza il fruscìo del mio piede. Che importa mostrarsi e parlare? Un'onda soave corre d'improvviso il cuore di chi là dentro umilmente attende la fine.

E la chimera è qui sempre.

Se scrivo, se scavo nel mio pensiero o nella mia passione, e le parole sono stillanti sangue, credo di darmi ed invece prendo. M'illudo perché nutro di me la mia preda. Ma colui che m'ascolta è com'era mio figlio quando beveva alla mia mammella ed io lo teneva nelle braccia, cosa mia che faceva preziosa la vita mia.

Affermo me a me stessa: null'altro, null'altro!

Oh, ma affermo tutto ciò di cui mi compongo, tutto che mi sta attorno e ch'io assorbo! Nulla va perduto. E quando anelo ad essere amata è ancora il mio amore per tutte le cose che chiede di venir riconosciuto, è il mondo che vuol essere abbracciato e cantato.

E forse nessuno ha colto su le mie labbra questo sospiro in cui io son tutto e nulla.

Avevo le guancie di rosa e lunghi e tanti capelli, avevo dolce la voce e apparivo pietosa, per questo mi hanno sorriso e per le ore d'incanto m'han benedetta. Ma quando son venute le ore tremende, pochi han saputo non odiarmi.

Sempre, quando la vita si fa tremenda e crudele, sento gli uomini bestemmiarla e ricusarla. Li sento chiamarla maligna, imaginarla con un volto che ghigna nelle oscurità misteriose.

Perché la mia infanzia non conobbe il terrore non ho mai accolto quest'idea d'un insidioso male originario? La notte era per me fin d'allora una immensa pupilla bruna, era la vita che si addensava perché i figli e le figlie della terra la fissassero senza paura, infinite costellazioni di occhi. E se la malvagità non è nelle tenebre, non può essere neppure nei cuori degli uomini. La bimba ch'io era vedeva talvolta intorno a sé soffrire, vedeva le cause semplici o strane di tali sofferenze, col respiro sospeso scrutava le inesplicabili, ma nulla attribuiva mai ad una volontà cattiva, ad una cosciente volontà. Rina, piccola che ti chiamavi Rina, non bisogna dimenticare ch'eri sana, ch'eri bella, che fiorivi senza stento nel tuo piccolo giardino, arboscello diritto e svelto. Ma dunque in un pantano o nello spacco d'una dura roccia la mia anima sarebbe cresciuta diversa? Queste certezze che io ho creduto di afferrare via via che la mia esistenza si svolgeva, rivelazioni della divinità, potevano restarmi ignote per un piccolo scarto? C'è un destino individuale anche per le idee, anche per la fecondazione della verità? Ed io valgo in quanto sono il prodotto di questo destino, per l'insieme delle mie persuasioni, o per ciò ch'ero prima ancora che incominciassi a pensare, per le virtù con cui sono nata, d'intelligenza, d'ardore, di sincerità, di coraggio, di tenacia?

Mio padre mi parlava. S'egli fosse stato un altro, se anch'egli fosse diversamente cresciuto? Poteva possedere quella stessa forma di mente e non riuscire ad impormela se non avesse ragionato con quella sua gagliarda passione, se non ci fosse stata tanta fresca spontaneità in tutte le sue impressioni, e, nel suo carattere, quell'ardimento sorridente in fondo al quale intuivo qualcosa che posso ora chiamare stoico. Io ammiravo la sua tempra, come ammiravo la sua alta statura. Avrebbe potuto, così qual era, significarmi tutto un opposto mondo di teorie, esaltarmi Iddio o il mistero invece che la volontà o la potenza dell'uomo, ed io l'avrei ascoltato ugualmente tesa tutta per capire, per penetrarmi della sua facoltà di fede, e convinta già al timbro e all'accento della voce, come allo stormir d'un grande albero, come allo scorrere d'una pura acqua.

Ma s'io non avessi mai conosciuto mio padre?

O se lo spavento m'avesse agguantata, una sera di quella mia puerizia, per sempre alterandomi nelle chiare orbite le pupille stellanti?

Vedere il mondo con altro sguardo...
Vederlo con occhi di quegli a cui da fanciullo precipitò allato il fulmine. Grandi occhi verdi come l'Ar-

no che gli ha dato il nome: e s'io gli dicevo anche solo d'un volo di rondini sul suo fiume a primavera, egli li stravolgeva tremando come ad un richiamo disperato.

E quegli che da bimbo patì tanto freddo, che da bimbo non giocò mai... L'ho incontrato che aveva già il volto ombrato di fini rughe, e più non sperava un bene per sé sulla terra. Durante anni l'ho sentito felice. Posava la notte la sua mano sul mio cuore. Una volta che in sogno gli parve che quel cuore più non battesse, si destò urlando: "Non è giusto, non è giusto!".

Oh, m'intenda se la mia voce gli giunge! Intenda ch'io sono la piccola Rina che guarda lui ragazzo, che son le nostre anime fanciulle a mirarsi stupite, venute da tanto lontano l'una dall'altra... Si son strette, con tanto tremore, ma non potevano mutare. E anche adesso, anche in questo attimo, s'io gli dico che non mai, soffrendo per il suo dolore, l'ho incolpato d'essermi diverso e se penso che non così è stato di lui, se penso ch'egli ha potuto provar pietà di sé soltanto invece che d'ambedue, io chino il capo, chino il capo.

Ugualmente lontana dalla vita e dalla morte?
Ho in bocca sapore di terra.

Non conto più le sere, guardo la legna che arde, i guizzi fanno biancheggiare le pieghe della mia veste e muovere l'ombra, sulla parete, d'un ramo, fiorito dove è già primavera, ramo comprato quasi con livore, come l'uomo compra un'ora d'ebbrezza, portato quassù tra le braccia arrossendo, oh fragranza dolce, petali lievi che non voglio baciare! Ho in bocca sapore di terra.

Su l'altra parete so che oscilla il mio profilo. Così lo vide, forse così soltanto mi ricorda, chi mi disse una notte che quell'immagine ombrata resterebbe pur sempre la più incantevole mirata dai suoi occhi nella sua folle vita.

Cosa di grazia inserta, cosa riflessa, oscuro contorno, murata anima. Così mi amava.

Lui a cui avevo sussurrato: "gioia dagli occhi ridi" quando la prima volta gli piacqui nella deserta luce.

Fuggente il suo riso e pur come questi guizzi aveva vigore d'elemento, sembianza d'eternità.

Come il raso delle acque se il sole tramonta fra nubi mai uguali.

Soffoco. Simili a nere onde compatte che si gonfiano e ricadono e risalgono, le visioni della mia mente attorniandomi mi fanno spasimare di vertigine. Cos'è questo rullìo, questo rombante respiro d'un cuore che non è il mio cuore, questo mostruoso ed invisibile stantuffo che fa andare la nave mentr'io imploro che s'arresti?

Sazietà di questa distesa tempestosa, di queste infinite creste di schiuma uniformi, bavose, abissali!

Quante altre volte mi rigirai così, come in una gabbia, fra quattro pareti?

Nel mondo, e dove sole e dove nebbia. Nessuna casa è la mia, sebbene ogni stanza dov'io passi s'impregni per sempre di me.

E le fermate di notte sotto le tettoie di ferro, nomi diversi, nord o sud, uno stesso lontanar di fumi rossastri, uno stesso sgancìo netto di catene.

Le prode dei campi – quant'altri inverni? Umide, sotto uno svariar di nuvole, con querce gialle su un filo d'orizzonte o presso ombrie folte d'agrumeti. La terra è dappertutto nera, di novembre.

Accosto i miei polsi alle mie tempie.

Mia ragione, sei qui ancora? Sì, domani ancora ogni battito e ogni rombo, meravigliosa!

Questo gesto ch'io fo ogni tanto, d'accostarmi i polsi alle tempie per assicurarmi che non sono pazza, verrà mai il tempo in cui lo dimenticherò? Il giorno in cui lo sfacelo avvenisse dietro la mia fronte io non avrei più questi vorticosi istanti di dubbio. Ma forse ripeterei ancora senza più saperne il senso questo segno che fin dall'adolescenza m'appartiene, fin da quando ho veduto la follia distruggere mia madre.

Di là, di là dalla mia ragione, di questa pertinace mia ragione, mi aspetta forse il mio fantasma. Su una spiaggia abbagliante starà forse un giorno una che ricorderà agli altri quella ch'io fui e non saprà più il suo nome, sognerà e non si sentirà mai sola, sognerà la testina bionda di suo figlio sotto la sua carezza, sognerà bionde luci innamorate e bionde ombre di boschi, e forse sorriderà dolce, e le palme delle mani e le dita si moveranno sopra il suo capo come ali d'oro.

Se è vero che quella spiaggia m'attende in fondo al mio destino, potrò avvertire il momento che vi verrò sbalzata?

Sono ancora, ecco, la bambina che restava la sera tante volte sveglia tardi nell'ombra, per voler accorgersi dell'istante in cui sarebbe entrata nel sonno...

La lettera

C'è una strada, fra tante che ho percorse, aperte al mio coraggio, ch'io non ho cercate, che ho visto d'improvviso, una strada fra tutte tracciata perch'io imparassi che cosa vuol dire camminare. Camminare, andare innanzi avendo lasciato tutto dietro a sé, quanto di più amaro ma anche quanto di più caro – e nessuno vi attende e nessuno vi difende. La strada sale, ha svolte, intorno è deserto ondulato, in basso una città grande appare e scompare. Io avevo venticinque anni. Staccata da tutta la mia esistenza anteriore, il destino nuovo m'era ignoto. Il mondo stava forse sciogliendosi da polverulente tele di ragno, ricreato intero perch'io l'intendessi. Primavera intorno. E il senso inesprimibile che tutto quanto era stato realtà si trasmutava, oh lentissimamente, in ricordo, mentre le mie vene pulsavan veloci e veloce e leggero era il mio passo. Il senso che anche il ricordo si sarebbe un giorno fatto lieve, sommesso. Come se tutto fosse stato soltanto incubo, cupa fantasia. Ed io l'avrei, con la stessa fatale volontà del vento che feconda il fiore, riassunto in un libro, appunto come una fremente imaginazione, avrei compiuto il tremendo sforzo d'interpretare a guisa di sogno il lungo male e il lungo pianto...

Oh figlio, ma da quel sogno oscuro tu eri pur uscito, viva cosa di carne, figlio, passione profonda del mio sangue...

Perché ti hanno tolto a me?

Eri mio, eri insieme con l'anima mia la sola cosa viva di quella mia tetra giovinezza; t'avevo cresciuto come crescevo me stessa, non per quei giorni, ma per altri che dovevan venire... Figlio, e ho potuto portare in salvo fuor dell'incubo l'anima mia e non te, non te! Non hanno voluto, per quanto ti chiedessi urlando... Sei rimasto lontano. Lontano. Rimasto per sempre il bimbo che aveva già quasi sette anni. Ho provato, creatura, ho provato a sentirti diverso, a pensare come potevano essere i tuoi occhi quando avevi otto anni, quando avevi dieci e dodici anni... Cercavo d'imaginare la tua statura mese per mese, e il tuo sorriso e i tuoi capelli... Ma la tua voce, figlio, non la potevo sapere. Venivi nel mio sonno, sogno d'un sogno. E nient'altro, mai più.

Un secondo destino.

Strada in salita percorsa infinite volte quella primavera, bianca nel sole, senza una voce sotto le stelle, ed io camminavo sola, scendevo alla città, risalivo alla casa presso alla pineta, e con me stessa parlavo per tutta la lunga ora.

Io sola a rispondermi.

Sola con qualcosa di saldo e di erto, ch'io però non sapevo, che restava senza figurazione, senza alcun pensato rapporto con l'immensità e la maestà intorno. Andavo. Ardendo di certezza, ardendo di volontà. Talora sul volto infocato sentivo scorrere lagrime: ma non rallentavo il passo. Talora la proda verde pareva invitarmi perché mi gettassi bocconi singhiozzando: e non cedevo.

Primavera remota e santa. La rivivo a tratti nel mio cuore con uno stupore sempre più profondo, ma non posso prender per mano la giovine assorta ch'io ero allora, e mostrarla nel suo miracolo.

Qual era la mia nuova vera sorte? Che cosa aspettavo dalla mia resistenza?

Ma non questo mi chiedevo. M'ero sottratta ad una esistenza vile, m'ero liberata sanguinante, dopo un combattimento durato per anni dentro di me. Per me, sì. Per portar salva nel tempo la mia coscienza, sì. Ma già mi pareva di andar nel mondo come un'innominata: una donna, fra tante donne: una persona umana nel gran flutto dell'umanità. Avevo voluto esser io, non per distinguermi ma per sentirmi degna di confondermi nel tutto: non per credere in me ma per poter credere nella vita.

E quel ch'io ora voglio qui scrivere si divincola torvamente, tenta sfuggirmi...

Anima, sii forte. Ci sono cime di ghiaccio lucenti nel sole che i miei occhi potranno rivedere quando ti sarai purificata.

Dissi in quel tempo che soltanto ad un interiore comando avevo ubbidito lasciando la casa dov'ero moglie e madre. Come si va ad un martirio. Ed era vero. Dissi che nessuno m'incitava all'atto terribile, e che non per amore d'un altr'uomo m'esponevo così a perdere per sempre la mia creatura: anche ciò era vero.

Ma una cosa fu taciuta, allora e più tardi nel mio libro.

Non era per amore d'un altr'uomo ch'io mi liberavo: ma io amavo un altr'uomo.

L'avevo scelto di lontano, in quell'ultimo mio anno della vita laggiù, a testimonio di ciò che stava sorgendo in me, lucida brama di un'esistenza libera e sincera, fremente senso di infinite possibilità per il mio spirito e per il mio sangue, e strazio e strazio e strazio per ciò che non avevo il coraggio di spezzare. Scelto di lontano, per lettera, ricordandolo appena quale l'avevo intraveduto in due o tre incontri, col sorriso costante dei timidi, una grazia un poco feminea nell'alta figura, e chiari occhi. Poeta, nostalgico di sensi e di ritmi. M'aveva detto la sua malinconia randagia, l'oscillazione fra il mondo della sua cultura e quello del suo sentimento, e il già stanco ripiegarsi dei suoi sogni di gloria. Sapevo d'esser rimasta per lui un'imagine di gentilezza, un volto di sorella grave soave nell'indeterminata rimembranza, e avevo vagamente l'idea che attorno alla mia fronte egli vedesse una corona degli stellanti ed argentati fiori della sua alpe. Qualcosa di mia madre si commoveva in me pensandolo, di mia madre romantica e mite nella sua bellezza bianca al tempo della giovinezza. Ma una sera mi sorpresi ad evocarlo con un'intensità maggiore: anelante, dalla mia fosca solitudine, vidi lui esule in riva ad un mare infiammato, esule e solo pur egli, e da lungi, gli occhi abbacinati, gli tesi le braccia. Ah, non era mia madre quella sera che parlava nella mia gola! Gli gridai che lo volevo, che lo volevo mio, che lo volevo amare, lo investii con tutto il multanime mio desiderio, violenta gridai con lo sguardo abbagliato, ebbra di me, di quella mia voce che alfine uno avrebbe udita distesa e fonda. Mi ascoltasse, mi guardasse! Mi toglievo dalla fronte le stelle delle sue nevi, lo raggiungevo correndo scalza sul rosso lido, in quell'ora del tramonto, e così volevo mi amasse, nella realtà mia rimasta fino a quella sera a me stessa celata, così volevo ch'egli mi prendesse...

E da lungi era venuta la sua risposta, un sospiro accorato, uno smarrito stupore per quei mai prima intesi accenti vivi. "Parla ancora, parla ancora..." ed era come se arrovesciasse il bel viso pallido, socchiusi gli occhi, spossato come dopo un di quei baci che sembra debbano rombare eterni nelle vene.

C'è un ramo di mandorlo in fiore sul mio tavolo: e il suo profumo di miele, la più inesprimibile dolcezza che i miei sensi attraverso le primavere abbiano attinta, e la sua grazia miracolosa dànno forse in questo momento alla mia memoria luci che nella realtà di quel tempo io non percepivo.

Mi vedo, qual ero, penetrata di sole, e dimentico che non lo sapevo...

Dopo quel primo grido io avevo fatto di quel giovine lontano e quasi ignoto il mio amante. Un amante qual era necessario in quell'ora al mio spirito. Sentivo bene ch'egli in realtà era rimasto soltanto sorpreso, poi che non mi moveva incontro neppur dopo l'appello, intuivo confusamente ch'egli viveva e piangeva per un'altra donna, per una che da poco l'aveva lasciato. Eppure, nello stesso modo ch'egli non si sottraeva alla seduzione della mia voce, e assisteva a quella creazione di me stessa quasi fantasmagorica nella travolgente sua spontaneità, io continuavo a parlargli come s'egli fosse mio, come a quegli cui il destino mi donava...

Amore, speranza di miracolo! Potenza in te dormiente, perpetua attesa del suo risveglio!

Amore, a te m'ispiravo, e non alla piccola creatura: all'idea di te, misteriosamente sorta dal fondo della mia sostanza: amore, guardavo a te che non conoscevo, e che pur crescevi nell'anima mia come altra volta mio figlio nel mio grembo: tu mi volevi per servirti, attiva e pur estatica per servirti e adorarti...

Amore, e t'imparai.

Imparai a tendere le mani alla brace infocata all'estremo orizzonte.

Imparai a desiderare, a rinunziare, a prodigarmi senza chieder compenso mai, senza mai ricever dono che valesse il mio.

Amore, ma tu mi trovavi bella, io lo sapevo.

Tu mi facevi persuasa che ti meritavo.

Ero mai stata donna, fino allora? No, neppure partorendo, neppure nutrendo con il mio latte mio figlio ero pervenuta a sentir in me la ragione della mia esistenza e quella del mondo. Il mio bambino l'avevo adorato, ma come una parte di me, più arcana, che m'attaccava, sì, viepiù alla terra, ma ancora interrogando, senza il mio consenso, senza l'accordo della mia volontà con la volontà della vita: mio figlio non era frutto d'amore, non era neanche, povero piccolo palpitante cuore del mio cuore, non era figlio di tutta me, era nato da me prima che fossi io stessa tutta nata, prima ch'io fossi veramente fiorita.

Come una grande rosa al sole la donna s'apriva ora, e il profumo n'andava lontano.

Mettevo nella lettera la mia giornata, ogni sera nella bianca busta l'essenza mia.

La riceveva l'uomo lontano, la respirava.

S'io guardo e carezzo un volto amato, la vita si sospende in noi e intorno a noi. S'io prendo fra le mie braccia colui che amo, e con lui mi fondo, la vita che clama nel nostro sangue non è già più dell'una né dell'altro. Ma s'io parlo, sola a solo, s'io scrivo su un foglio che soltanto due occhi oltre ai miei leggeranno, veramente io mi trasmetto, qualcosa di me per sempre passa in te, ch'io non riavrò più mai, che tu porterai con te nella morte...

Amato, sei lontano, tutte le tue ore io non posso che figurarmele, per la mia sete. Guarda, è il mattino, ed io sono nell'orto, con la treccia su le spalle, e sembro la sorella di mio figlio, ma negli occhi la notte non m'ha lasciato che orrore. Pur rido al bambino, rientro con lui in casa le braccia colme di fiori e di verde, e nell'ombra silenziosa ci stringiamo, poi io lo faccio leggere sillaba per sillaba, gli guido le dita a scrivere. Le ore passano, il piccolo è stanco, va a giocare, io resto sola. La posta non mi porta nulla di tuo, neppur oggi. Da tanti giorni! Perché ti amo? Rammento appena il timbro della tua voce, come l'intesi dietro a me una sera che mi scorgesti nell'atrio d'un teatro in città e mi salutasti lieto... Perché ti amo? Non so il tuo bacio, non ho mai visto in fondo al tuo sguardo, né m'hai detta mai nessuna parola che mi sia penetrata nello spirito rivelatrice, fecondatrice. Ma, vedi, sei libero, sei giovine, hai tremato al mio accento: e io ho sentito, appena ho cominciato a parlarti, ecco, che potevo farti la vita più forte e più grande, e forse farti felice: ho sentito che c'era in me la potenza di far felice un uomo. Prima non sapevo questo. Non sapevo che il mio istinto era di dar felicità, e di amarmi in un essere felice anche per mia virtù. Quanto gelo, nonostante i miei venti anni e il mio bimbo e la passione e l'orgoglio per lo sforzo mio e per tutto lo sforzo umano! Non sapevo che cosa mi mancava: un'anima, dove la mia anima si riflettesse. Amore, intimo specchio, amore che mi trovi bella! E quando mi scorgi sei beato. Non sottrarti, non fuggire! La vita comincia adesso, per te come per me. Ti amo, vedi, per la tua esitazione da vincere, per la tua stanchezza da guarire, per le tue accorate e vane nostalgie a cui oppongo il fervore dei miei presentimenti: ti amo per quel tuo smarrito stupore s'io ti parlo e ti esalto la vita. Amo quel che tu puoi divenire se credi in me. Hai fede? Sono una piccola donna, remota e ignota, ma la mia volontà di conoscere e di creare è più vasta e più intensa della tua.

Se tu mi dai la mano, anche così da lontano, la mia volontà passa in te. Questo bramo, se anche null'altro avvenga. Che tu creda a questo mio cuore come a cosa che arde più del sole, e che tu sappia, di giorno e di notte, ad ogni istante, che i miei occhi, pur nel sonno, hanno la visione del tuo sorriso; il tuo sorriso, che forse non fiorirà mai presso il mio volto; un sorriso fiero, o mio amore...

Amore, speranza di miracolo! Potenza in te dormiente, perpetua attesa del tuo risveglio!

Gli ulivi al sole son d'argento e fremono e fervono: grandi azzurre acque si stendono di là dalle rame brunite; e un brivido le sfiora. Il volto del mondo non è mutato da quando io avevo quindici anni e non muterà fra mille: raggiante e silenzioso mi guarda più ch'io non lo guardi; mi guarda, piccola ma sola, viva per poco ma nuova sempre.

Evocavo per l'amore la bella adolescente ch'ero stata. E improvvisa la mia necessità fu di dire, per la prima volta, come quella mia adolescenza era stata uccisa. Sogni di vergine ch'io non ebbi il tempo di sognare, nubiltà che non conobbi, mia violata vita! Doveva venire l'amore perché io comprendessi finalmente. Ma senza onta e senza livore. Né era per suscitar pietà nell'amato che gli confidavo la feroce tristizia della sorte subìta tant'anni innanzi. Non volevo esser compianta, quella sorte non m'aveva distrutta, e non m'impediva ora di denudarmi idealmente, di compiere le vere mie nozze con lo sposo degno di saper tutti i miei secreti...

Lettera nuziale, scritta in una notte di maggio, in una stanza d'albergo solitaria, e dopo che fu scritta una vertigine m'abbatté la fronte sulla tavola, sentii uno strano sapore in bocca, e realmente un rivolo rosso m'uscì dalle labbra, tinse il margine dei fogli... Sangue misteriosamente affiorato col getto dell'anima, lettera consacrata...

Quando mi rialzai andai alla finestra. Da una linea dolce di colli inselvati di cipressi l'alba sorgeva, argentea: un fiume scorreva verde fra tenui veli. Arno! Arno! Il vento mi passava fresco tra le ciglia, dissipava ogni senso di malore. Ero a Firenze per la prima volta, sola, per un improvveduto caso. Sarei ripartita la dimane, ansiosa di riveder mio figlio. Pur dianzi la morte forse m'aveva rasentata, in quella stanza di locanda, china su un foglio dove, se la morte mi prendeva seco, occhi estranei avrebbero scoperto, irridendo e profanando, tutto ciò ch'io ero stata... Perché non tremavo?

Anima mia, tutte le angosce hai conosciute ma non quella di contendere paurosamente con la tua ombra, non quella di sentirti impreparata a divenir ombra.

Sei una cosa sola, che tu viva o che tu muoia. Ad ogni istante, se anche nessun'altra nell'universo ti assista, e nessuna testimonianza ne resti, sei di te stessa sicura e puoi trapassare in pace. Sicura pur se deliri o se erri o se affranta giaci al buio. E sai di non recar con te nel mistero una stilla sola di odio verso la vita.

Solitudine silenziosa nell'ora estrema, prova estrema che forse t'attende, morte che può giungere mentre la vita ti ha chiesto qualche terribile atto e tu lo compi e nessuno fuor che te stessa può intenderti...

Nessuno mi vede, che sappia assolvermi...

Anima, tu sai patire anche questo.

Eri sola e muta quando sorgesti dal nulla, e non hai terrore se nel nulla dovessi rientrare muta e sola. Hai vissuto, sei stata fiamma, lo sei in quest'attimo che può essere il tuo ultimo – e altro non chiedi.

Ma perché piansi la sera di quello stesso giorno, mentre andavo sotto i grandi alberi lungo il fiume, e mi giungeva suono di musica, non so più se lieta o malinconica, e la folla passava e passava di là da siepi fiorite di rose?

Povero mio petto scosso da singulti silenziosi, ritmo che mi giungeva col vento, sera che scendeva sulla primavera, pietà immensa, pietà immensa e desolata, abbandono d'ogni volontaria fierezza, pianto nella sera sulla mia sperduta miseria, sulla realtà infima del mio solitario anelito, presentimento intraducibile, sere e sere e sere di primavere venture, deserte, struggenti, fasciate di brividi!

E ancora oggi, tanto tempo è che il nostro amore è morto, tanto tempo è che tu stesso, Felice, sei morto, sei bianca polvere nel tuo cimitero di montagna, io piango in cuore se penso che non venisti dopo quella mia confessione crudele a cercarmi.

Parve, sì, per un istante, che ti promettessi a me, turbinando nel tuo spirito ammirazione e fede. Ma poi, subito dopo, tacesti. E per mesi restai senza più una tua parola. Restai, atterrita dallo sgomento che in te intuivo, spasimante per la tua impotenza a tradurre in verità di vita l'imagine che di me t'avevo data, di me, di te e dell'amore.

Quel mattino di settembre in cui alfine arrivasti improvviso, e io ti avvolsi in uno sguardo di cui portasti in te il senso sino all'ultima tua ora, mi dicesti: "Non t'avevo veduta... Ora... son tuo...".

Da lontano mi avevi trovata grande, ma bisognava che tu mirassi il mio acceso volto ed i miei occhi radianti per sentirti avvinto: così è, così è.

"Perdonami" io mormorai, non quel giorno ma più tardi, la prima volta che ci baciammo. "Perdonami" ripetevo ogni poco, ma tu non sentivi, ebbro di gioia.

Io stessa non sapevo perché quella parola mi salisse dal profondo. Forse più che a te chiedevo grazia a me.

Anche il tuo viso era chiaro e fiamme erano nei tuoi capelli e bello per la prima volta trovai l'ardore virile – fervente luce d'estate sembrava vaporare dal tuo giovine e snello corpo mentre godeva d'abbracciarmi, poi la voluttà distendendo sul tuo sorriso una gravità mortale fu come se mi donassi la tua vita – sul petto ti tenni, ti contemplai mio – oh, caro ti sentii, con dolcezza e con tenerezza infinite, ma lo scambio perfetto dell'offerta non era avvenuto, l'estasi perfetta non era scesa su me...

Ti finsi la felicità che non provavo, o semplicemente tacqui? O avevo sul viso il riflesso dell'ebbrezza tua? Forse non mi chiedesti nulla. Mi ringraziavi sommesso e superbo. Come se io ti avessi dato soltanto allora la prova del mio amore, soltanto coll'allacciare alle tue le mie membra.

Vita, a ciascun velo che la mia mano da te distacca tu resti ancor avvolta da un altro velo, e i miei occhi nelle grandi orbite sotto il grande arco della fronte si fanno più e più profondi, tentando ogni volta di vedere senza lacerarti che cosa tu sei, ogni volta inutilmente, vita, giorni tutti da patire, veli tutti da sollevare, mistero che vuoi essere riconosciuto da ogni goccia del mio sangue fin che le mie vene pulseranno!

Egli mi ringraziava. Io gli chiedevo perdono. Eravamo giovani, entrambi di natura candida, figli dell'alpe, figli del sogno. Esprimevamo irresistibilmente, ciascuno per sé, la propria nuda verità in quel mormorìo quasi inavvertito fra bacio e bacio. Eravamo fanciulli candidi.

Non si parlò di rifare il destino.

C'era sole per i giardini dove camminammo, assorto ciascuno in sé pur tenendoci per mano, prima di lasciarci.

Dolce era la sua mano, dolce il volgersi del suo sguardo azzurro verso il mio. Era nella bionda luce creato fra le piante e le acque per accompagnarmi in quella mia ora con mite silenzio.

Forse non altro era l'amore.

Da sola, da sola prendere il timone della mia sorte!

Assumere, chiara, grave, tutta la coscienza della mia intima libertà, inalienabile libertà.

Da sola giudicarmi, da sola tendere l'orecchio al comando interno, da sola ubbidire.

Anche se l'amore fosse altro, fosse quale l'ho contemplato in me meraviglioso di virtù, c'è qualcosa che esso non attinge, non attingerà mai, nodo fondo del mio essere, fibre di sogno, fibre segrete, corde di volontà invisibili fra la mia prima e la mia ultima giornata...

Ascòltati nella tua sostanza, donna, ch'è tua soltanto: fa di udire quel ch'essa per sé richiede, tu sola lo puoi, nessuno varrebbe ad aiutarti, ascolta, di là d'ogni sentimento e d'ogni idea, oltre il tuo supplizio e il tuo diritto, oltre anche la tua maternità, dove uguale statura hanno sacrificio e ribellione, umiltà ed orgoglio, ed uguali pesano gioia e dolore, la tua legge parla – ascòltala.

Parla tremenda.
Tu l'intendi.

Ricordati.
Ricordati, per tutto il tempo avvenire.
E se nella tua ultima giornata, dopo migliaia e migliaia di giornate inesorabili, tu giacessi esangue in un deserto, invoca la morte se vuoi, ma ancora ricordati d'aver ascoltata la tua legge nell'ora lontana, e non rinnegarla chiudendo gli occhi.

La fede

Mentali imagini, lampi d'intimi simboli, parole che furono visioni, squarci d'orizzonti, richiami, richiami, densità di coscienza, violenza silenziosa onde l'anima è tratta nel tempo lontano, nei luoghi lontani, tensione della vita verso ciò che fu, verso la verità che è nelle morte ore vissute, spasimo, vertigine, strazio e voluttà delle fibre bramose struggendosi di creare!

Casa solinga presso la pineta, ginestre per gli ondulati declivi verso Roma, distesa di terreno a ponente coltivata tutta a fiori, campo iridescente di giacinti, viso roseo di una sorella intento accorato, biglietti del mio bambino, anche in sogno la scrittura incerta puerile, la fragile voce che geme: "Mamma, voglio venir da te...".
Se il vento qualche mattino mette un poco di fretta alle nuvole, la donna che passa sotto i pini crede udire il pianto del mare.

Fra i cespugli del Palatino, presso una piccola statua femminile che ha il capo mozzato, un pomeriggio io dico piano, tremante e sicura insieme: "Un'unica norma per vivere vedo ben fissa, la sincerità".
Sincerità.
E tuttavia...

Ma se io parlassi dell'amore che ho provato e che ancora mi resta per il giovine lontano, non crederebbero tutti ch'io son partita di laggiù per lui? E sarebbe ingiusto, verso entrambi. Alla vigilia ancora della mia risoluzione egli mi ripeteva per lettera: "Pensa a quante donne accettano di vivere nelle tue stesse condizioni, soffrono, si sacrificano per i figli: pensa a mia madre, umile e grande: sopporta anche tu, tu che hai inoltre la luce dell'ingegno e il conforto dell'arte: sii buona, paziente, prudente...".

Tutta la responsabilità dell'atto che ho compiuto è mia.

La primavera trascorre, la ricchezza delle ginestre se ne sta solinga per i declivi, come la splendente saggezza sotto il cielo. Nessuno sale a coglierne una grande corona per recarla alta fra le braccia al proprio rifugio d'ombra.

Com'era il mondo prima del verbo? E come sarà quando il verbo si dissolverà di nuovo e tutto verrà compreso, abbracciato senza più distinzione? Tutte le piante e le acque e le pietre saranno noi, saranno spirito; Platone e Dante saranno i nostri poemi le nostre architetture le nostre battaglie, oppur grembi di donne felici, a notte pago silenzio, estasi.

Perché quando m'accompagno a qualche uomo ho questo bisogno di scioglierne in limpidità l'animo?

Nodo di tormento oscuro, sonnambolico tedio insensato è nelle parole che odo, stanche, e nulla esse m'insegnano. Ma nello sguardo di chi mi parla, se un poco s'arresta su me, si diffonde lo stupore...

Occhi virili, laghi turbati! Neri o turchini o d'oro, turbati s'io li fisso, pallidi laghi, con i miei sereni!

Manca a tutti costoro una piccola cosa, ch'è forse il segreto della mia forza: la semplicità. Così penso. Il valore della vita sfugge loro. Hanno una blanda o aspra sete d'oblio, non hanno volontà di esistere, di stringere l'esistenza al petto per comunicarle il proprio ardore. C'è caldo nei vostri cuori, come nel mio?

"Rina," mi scrive Felice, "ho paura."
"Difenditi," io gli rispondo, e il sole par intendermi mentre attraverso le grandi piazze, e le fontane e le case e i passanti mi formano intorno alone, "abbi l'orgoglio d'amarmi meglio d'ogni altro..." Ridico a me stessa le parole che gli mando, come per cercarne il senso più vero.

Spazi d'oro.

E un giorno colgo un accento singolare nella voce d'un amico, d'uno dei pochi che han rispettato, senza giudicare, ciò ch'io ho fatto. M'è accanto per via, mi guarda mormorando: "Una donna. Una donna libera". Piccolo di statura, ha nella persona qualcosa di una pianta che stia svincolandosi da una roccia. Prosegue a parlare, c'è come una timorosa speranza in questa sua voce: "Chi sa, le nostre strade in quali modi si svolgeranno". Ripete: "Strano, strano". Come può trascolorar rapido un viso, come nessun fantastico paese sotto i cieli o sotto i mari! E che cos'è questa inattesa in me necessità di coraggio? Coraggio per l'imminenza della sorte, per ciò che non sai, Rina, ma ch'è decretato? E costui, che così poco ti conosce, afferma che sei libera.

Perché Felice non è qui? Ora che finalmente mi ama! Perché non mi possiede maggiormente? Legge egli, che trema, nella propria anima? Che cosa vi vede, di là d'ogni angoscia?

Lo chiamo, lo scrollo: "Dimmi una volta tu la parola sicura, la sentenza serena. Lo puoi, per questo te lo chiedo. La bilancia deve pareggiarsi, tu devi restituirmi in un sol tratto la sostanza di volontà e di fermezza ch'io ti ho dato a poco a poco...".

Febbre e follia di verità, o mio cuore puro, mio cuore d'aurora!

Poter cantare la creatura tutta viva, tutta chiara ch'io era!

Non son più quella, da tanti anni. Ma quella che ero splendeva come un'immortale. Poter cantarla, bellezza che forse in estremo mi rilampeggia dinanzi. Sono un'altra, superba di quella che vorrei cantare come se non avessi mai portato il suo nome. Gli anni m'han fatta diversamente luminosa, d'una diversa gloria. Voi che m'incontrate ora e vi meravigliate di trovarmi tuttavia così fervente e così innocente, amici che vorreste difendermi come una bimba dal cerchio d'assoluto entro cui brucio pur sempre, uomini e donne che quasi v'indignate e poi con pensosa tenerezza m'abbracciate, non sapete, non sapete il tempo in cui questo mio destino di ardore e di candore si disegnò. Com'io sentissi e parlassi serena e delirante insieme, sensi e parole discesi da sfere ignote, tutta un presagio, e senza stupirmi e senza mirarmi, respirando come freschi venti di mare idee ferme, idee inesorabili, d'esse sole credendo materiata la vita. La mia fede d'allora! E nulla mi costava sforzo. Ero un'esistenza, non ancora una resistenza. Non so dire, non so dire. A certi momenti della storia, a certe apparizioni di vergini madri, quando la sapienza di millenni si trasmuta entro un umile presepio, l'andatura lo sguardo l'accento del mondo si fan gravi e soavi. Ero tutta nuova, tutta pronta. Imaginando mia vicina la morte: chiara come me: imaginazione che da allora non mi ha mai più lasciata: sempre di poi ho vissuto, sana in tutte le fibre, pensando non avere che poche altre stagioni dinanzi: senza terrore. Fiorire, ma in vista della morte. Bella come ogni cosa che fiorisce in vista della morte. Avida di riconoscere, in ogni minuto che mi resti, una legge d'ascesa, un ritmo, e del calore. Vedrò mai più mio figlio? Ma che in un'alta anima virile, prima ch'io muoia, l'imagine mia s'imprima, nell'anima di un uomo ch'egli più tardi possa ascoltare come un messaggero di verità. La vita è grande. Le possibilità di farla sempre più grande sono infinite. Siamo nati per vincere, per affermare, per l'eroismo, per il martirio, per l'intimo accordo con il mistero. Crudele, ma gloriosa offerta: chi la respinge abdica alla propria profonda realtà. "Dobbiamo divenire quello che siamo." Questa parola è in me senza ch'io sappia ch'è già stata pronunziata. Di là dalle apparenze, dove giungono le nostre capacità di ricerca e di battaglia? A quale forma generosa ci confronteremo un giorno, che la bianca nebbia nasconde all'orizzonte? Tentarla, indovinarla, creare qualcosa che ne sia degno. Temerariamente. A questo serve la libertà. Si rende libero ad ogni prezzo soltanto chi ha questa febbre, questa follia. Per una libertà più vera, per muovere incontro al mondo trasfigurato...

O mio cuore d'aurora!

Affanno sconosciuto, fra voci d'acque e d'uccelli e di bimbi, un giorno a Tivoli, tra il fogliame di perla forato su la pianura e sul lontano lampeggìo di Roma, affanno muto, e stupore frattanto per tutti i sensi, e nel volto dell'uomo che m'è accanto, ombrato di fini rughe, un sorriso ansioso per ciò ch'egli vede negli occhi miei, sgomento e tenerezza indicibili, di cui egli crede e non può penetrare l'essenza, sorrisi e sguardi seguiti come musiche, poi repentino il silenzio, e due mani che si tendono, un lungo momento si stringono.

Lontano il giovine che ho tanto amato soffre. L'amo ancora, l'amo ancora. Il suo amore è quasi un mio figliolo, un fiore nato dal mio desiderio di vita e di verità. Ma perché non ne ho mai parlato a quest'altro uomo col quale pur da mesi m'accompagno come una piccola sorella, come una trepida incitatrice alla felicità? Sospetta costui ciò che realmente io sono? Ho taciuto per timidezza, ho taciuto per pudore, per un istinto di segreto. Ah, Felice! Il nostro amore mette attorno a me una magnetica persuasione, a nessun vivente mai ne ho detto sillaba, basta si senta nella mia dolcezza come si sente nel miele il fiore e nel fiore il sole. Andrea se n'è lasciato avvolgere, ignaro, senza nulla formulare neppure a se stesso... Andrea, ch'è nostro maggiore. L'ho creduto sereno. La sua poesia è d'una sensibilità sotterranea, cupa per avvilienti ricordi, scetticamente bramosa di fantasie lucide. Gli guardo la persona e il viso che dicono il tormento di generazioni curve su zolle in paesi di nebbia. Le donne che l'hanno lusingato, belle rose bionde, non gli han dato nessuna realtà di gioia. Non saprò mai perché una notte io l'abbia sognato, steso a terra piangente, supplicandomi di amarlo. Pianto insostenibile! Mi sono svegliata chiamando Felice, Felice dagli occhi di genziana e dai capelli di fiamma, Felice che ha i miei anni e l'alta gentile figura che vorrei veder una volta profilata nel cielo su una delle nostre balze. Ho dunque anche nel sonno la volontà armata per disputare all'avversità le mie conquiste? Ti voglio salvo, Felice, amo te, voglio esser cosa tua, darti tutto ciò che posseggo, farti salire più in alto di tutti, tu, tu. Così poche ore abbiamo avute. E tutte le ha esaltate la mia lunga passione. Perché dovremmo affondare? Ah, ch'io dica finalmente ogni cosa a quell'uomo, ch'io gli mandi la lettera disperata che mi scrivevi ieri come sotto la minaccia d'una sciagura, mentre io vivevo l'ora ambigua e magica fra gli ulivi a Tivoli... Bisogna, bisogna che Andrea sappia ch'io appartengo ad un altro. Se son colpevole per aver troppo tardato a parlare, mi perdoni. Mi perdoni se gli ho fatto qualche male, se qualche larva cara alla sua fantasia sparisce stasera; siamo in tre a soffrire stasera per una stessa inesplicabile violenza...

Nella casa presso la pineta, nella grande stanza a ponente, sul letto dove ha soffocato tanti gridi per il suo dolore di madre, una donna si abbatte un pomeriggio con un singhiozzo di felicità, tremendo.
Ha risposto Andrea:
"Ho il petto gonfio d'un orgoglio immenso: non mi son mai sentito amare così da una persona, contro tutta se stessa".
Orgoglio, strazio, rassegnazione, attesa.
"E anch'io vi amo. Ma non moverò un dito per conquistarvi. Voi verrete.'
Poi, sommesso, ansante:
"No, no, sia come voi deciderete. Voi non potete sbagliare. È la prima volta che mi trovo dinanzi a una donna che è forse più grande di me, e non ne ho umiliazione, ma un senso di dolcezza infinita. Non vi chiedo nulla, forse non desidero nulla. Vi guardo agire. Ciò che farete sarà bello, anche se non risponderà alla vostra vera legge. E soprattutto lavorate, e non parlate

di morte... Stanotte, bocconi sul pavimento, l'ho anch'io invocata, io che l'ho vista tante volte insidiarmi. Ma ora vi prometto che sarò forte. Finché brillerà alla mia memoria quell'attimo vissuto a Villa d'Este, sarò pago...".

Felicità, cosa divina: come una divinità cosa dura e severa!

Come lo splendore del sole, come il silenzio d'un filo d'erba, come una lontananza oceanica, divina e terribile cosa a sostenere!

La donna singhiozza.

Non ha un solo istante d'esitazione, di dubbio, d'ombra.

È nel cavo d'una mano.

Sonno ch'io vegliai, giovinezza che contemplai assopirsi lene sul mio petto dopo una notte di spasimo supremo, creatura, fra le mie braccia dormiente creatura dell'anima mia, giovinezza del mondo respirante soave nel sonno dopo esser stata folgorata da una luce d'eternità, sonno ch'io vegliai adorando.

Chi fece il sogno di due amanti che riposassero così, l'uno vegliando su l'altro, dopo aver detto addio al loro amore piangendo?

In qual notte, al fiato di quale immensa passione, di là dal firmamento?

Invisibile, Insaziabile, Volontà, Verità, Forza, qualunque fosse il suo nome, come l'adorai dopo averla ubbidita! Così quale l'avevo sentita, io medesima ero stata piena di ferocia e piena di pietà, esecutrice e consolatrice, ebbra e lucida, specchio e fantasma, e le ore come onde a marea avean cantato alterne... Le ore avean mescolato gemiti disperati e sguardi raggianti, orrore e vittoria, i suoi gridi e i miei: avevan visto mescolarsi anco una volta le nostre membra anelanti, i nostri corpi che s'eran piaciuti. Giovinezza, mio primo amato, braccia dolci da cui devo strappare la mia carne che appena incominciava ad imparar la gioia. Morire, morire! Non si può, bisogna svellersi da questo desiderio di consunzione, oh voluttà, bisogna vivere, la vita è più cruda della morte, oh labbra che non bacerò mai più, occhi che non mi vedranno mai più riversa e ridente. E il tuo cuore, il tuo cuore di fanciullo che m'ascolta e diventa uomo! Sei, oggi che ti lascio, quello che ho tanto atteso! Oggi che non puoi più nulla per me, ch'io ti lancio per sempre via da me come una mia canzone compiuta... La vita ci vuol creatori, tu lo senti. Sale, ci sospinge. Non si sa più se spasimiamo o se godiamo. Vuole che ci si ribelli e insieme che ci si curvi. Così come ci si dona e poi ci si riprende, perché non diventi menzogna ciò ch'è stato verità, non si trascini livido ciò che nacque ardito... Oh nodo delle nostre vite, la sua ultima vampa è la più alta. Ci siamo trovati sulla terra per farci provare l'un l'altro questa sofferenza feconda come nessuna delizia. Per sfidare la vertigine su questa cima remota. Tutto è lontano, anche ciò che è deciso: tutto è piccolo in confronto a questo nostro ultimo abbraccio, alla forza che da me è passata in te, alla luce che ti splende sul volto, al sonno che ti coglie sul mio cuore, o creatura...

Sonno ch'io vegliai. Il mare cantava. Immobile io adoravo e piangevo. Una mia lagrima gli cadde sulla fronte; egli riaperse gli occhi e disse: "È calda come sangue. M'hai segnato per sempre. Ti benedico".

Il nome

L'umiltà m'avvolse.

Profonda come le ombre violette nella valle coronata da nubi d'argento.

Io son nata a mezzo agosto in Piemonte. Ma forse in cielo in quel mio primo mattino stavano sospese grandi fantasime bianche, e nella lontana campagna d'Assisi, dove mia madre era passata da sposa, nella chiara conca di paese dove vorrei morire, forse tutta la soavità della terra si vestiva di viola.

Umiltà, senso di donna, veramente senso materno. Cima dell'essere che si è espresso in tutta la sua potenza e s'è trasceso. Vittoria estatica. Se l'orgoglio fu necessario, ahi! triste, ora è scomparso. Le inquiete ali dell'anima si ripiegano.

"Son vostra" scrissi ad Andrea. "Ma fate di non ingannarvi, amatemi nella verità, qualunque sia."

L'ora estiva sfavillava. Come oggi, a nessuna sorella avrei voluto augurare sorte uguale alla mia, che tuttavia con nessuna avrei voluto cambiare.

Poi una sera, l'una accanto all'altro per la prima volta dopo la confessione, egli mi disse: "Ho sentito stanotte che mia madre, se ci fosse ancora, sarebbe contenta". Mi disse: "Sei bella. Intendi? Sei tutta bella". Mi chiese: "Scriverai a lui di questa giornata?". Al mio reciso, un poco rauco: "No, questo non lo riguarda più", le sue piccole pupille brune sorrisero un attimo crudeli.

Ricorda egli? Nel cavo della sua mano teneva il mio cuore. "Ti custodirò" diceva. "Sento che è per sempre" susurrò un'altra sera. Palpitante e raccolto il mio cuore lo pregava: "Non dire, non dire. Io non so nulla del domani, non voglio sperar nulla. Son tua di là d'ogni attesa. Non promettermi alcuna cosa. Resta libero. Ti amo grande".

Esser per lui un momento di riposo... Può il genio averne? La terra rotea. Fra miriadi di punti luminosi il mio sguardo d'amante non può trattenerlo che per un attimo. Esser per i suoi vaganti occhi una minuta scintilla, una stellina senza nome, silenziosa... Quando sono stata accesa? Quali larghe zone iridescenti mi scopre egli intorno?

Estate, stagione colma, e il mio volto di rosa in preghiera, preghiera di grazie.

Panieri di pesche, fragranze e colori, brusio di piccole faccende al mattino per le vie borghesi, stridìo di rondini la sera oltre i rami della piazza. Nella sua stanza, fra le sue braccia, quando giungevo, egli mi chiamava Letizia, mi chiamava Chiara, mi chiamava Vittoria. Da singulti sentii scosso il suo povero torso, il pallido, magro, quasi di crocifisso, petto, dopo che vi ebbe premuto il mio di Eva, un meriggio che mi parve allo spirito ricominciar davvero la storia umana, nella calda ombria del letticciuolo, ricominciar con la nostra redenta coppia. Un figlio, un figlio! Alla vita che è buona, alla vita che è grande. Il patito volto dell'uomo, quei suoi lineamenti senza grazia, terrei, si trasfiguravano, la donna col suo amore li penetrava d'euritmia, tutte le trasparenze del mare, tutte le radiosità dell'etere adunate squillavano nell'abbraccio. Un figlio. Con sensi trascendenti, con labbra e con mani per baci e carezze musicali ad attimi animati, a creature sorte dal respiro del cuore, a visioni ebbre di fede...

Chiara, Letizia, Vittoria. Ed un giorno, sul rovescio d'un dei foglietti dov'io nella notturna pace della pineta gli susurravo delle mie estasi, egli scrisse: "Sibilla". Nome di mistero, che doveva restarmi, nome del mio destino, fiero ed altero, nome che non ho mai amato ma che ho portato come un dono periglioso, Sibilla, fiorito inconsapevole di sua durata quando uno solo ancora m'ascoltava.

"Tu sei più un'ammiratrice che un'amante della vita" doveva dirmi molt'anni di poi un giovine definitore, ed io stupita assentire.

Ma in quell'estate d'oro uno solo ancora m'ascoltava, uno solo ancora credeva di conoscermi.

In tutto il mondo egli soltanto per qualche tempo poté accostare il suo orecchio a sentirmi crescere.

Rondini stridevano in cielo, vette d'eucalipti rosseggiavano, fontane nel vento dilatate c'investivano. Terrazze di caffè, sotterranee trattorie, polvere degli sterrati oltre mura, ciuffi di castagni sulle cime albane in vista dei minuscoli laghi, glauchi occhi, e dell'incandescente filo di mare all'orizzonte... Ero vestita di mussola bianca ed egli mi ripeteva: "Sorridi". Tutti i temi di quello che fu il nostro canto s'accennarono. Mi mise in mano volumi e ancora volumi. Analogie singolari mi richiamavano l'infanzia, l'educazione paterna. Per esse forse con brivido tanto lucido descrivevo la bimba ch'ero stata? Ad una selvaggia venivo paragonata, una selvaggia che adoperasse con sicuro istinto i più delicati strumenti della civiltà. Già al principio della nostra amicizia egli m'aveva riconosciuto uno stile, di slancio e di dominio insieme. Ora chiedeva: "Che influenza avrà su te la mia vicinanza? Non vorrei né turbarti né mutarti". E con uno di quei moti contradittori che non sapevo ancora tanto infrenabili in qualsiasi cervello virile, immediatamente soggiungeva: "Ma il tuo libro avrà il mio suggello". Maschio amalgama, maschia tempra, scorza cavernosa, e il mio fluido spirito a permearla, in quell'estate dorata come nella mia puerizia, o similmente alle nuvole che veleggiano sui dorsi dei monti assumerne le forme via via ad istanti, proiezione in cielo delle dure cime. "Tu non guardi gli aspetti del mondo, hai gli occhi rivolti sempre al di dentro..." Rose, in verità io vi aveva viste sin allora soltanto come parvenze che non fosse necessario fissare, nominare, distinguere, rose, eravate inserte nella luce della vita come le gradinate di pietra, come le correnti vetture di metallo di legno di vetro, come i balenanti denti di bocche giovanili, rose, biondi pallori d'aurora, ondulamenti d'acque, seni di statue, remoti folti di astri... V'eran state notti in cui mio padre m'additava talune costellazioni, ed io amavo smarrirle in quel lassù forse tumultuoso del quale sapevo non mi sarebbe mai giunta l'eco. C'è bisogno di guardare ciò che splende? La mia attenzione andava unicamente, sì, alle cose invisibili: andava agli inafferrabili accordi della mente, ai loro riflessi sulle fisionomie umane, brividi di polsi, pause dense intense... Non il creato mi stupiva, ma l'uomo, il portatore nel creato d'una nascosta fiamma. Con prona passione spiavo nella sua coscienza la volontà dell'universo, il secreto ordine dinamico. Spiavo, sorprendevo. Oh solitudine! L'uomo mi s'erge dinanzi come se veramente io facessi parte dell'inconsapevole: come fossi fiore, nido, stella: e di tutto il suo interno travaglio, dell'assalto ch'egli mena temerario alle ragioni e alle forme, d'ogni concetto e d'ogni architettura neppur in minima guisa io son complice: donna, la specie dell'eterno, immota, contemplante, lontana.

"Sorridi"!

Con il sapore del mio bacio ingenuo e del mio sorriso io gli trasmettevo fede. Trepida attendevo un dono più grande del mio.

"Mia creatura" mi diceva, e pur talora si dissolveva come un bimbo fra le braccia della madre al buio, oh quanto umano, col terrore e il rancore del bimbo scampato all'incubo... Povero, povero caro! A mia volta lo chiamavo per nome, in spasimoso impeto aderendo a quella sua realtà bisognosa. Fiori passavano dal mio sangue al suo, tutte le cose festevoli che la sua infanzia non aveva avuto, la baldanza candida della sanità e della ricchezza, quasi il bel color sulle guance. Si persuadeva, vedeva giardini dov'eran state paludi, e la figura di sua madre fra le aiuole smaltate m'assomigliava, le labbra aperte al canto.

Gioia, eri come un dipinto che sbocciato dalle mie dita io venerassi.

Lo intese Felice il giorno che ci rivedemmo, e fu l'ultima volta che ci rivedemmo, il giorno ch'egli mi trovò accanto al letto di Andrea ed il pomeriggio era mite; Andrea posava convalescente fra i bianchi cuscini dopo settimane di malattia. La malattia s'era abbattuta pesante nella stanza del mio secondo battesimo, m'aveva dato in balìa totale la carne e i nervi del mio amico, forse non per altro era stata mandata, perch'io mi sentissi necessaria dove mi credevo alto gioco. L'infermo guariva alle mie cure. Indicibile metamorfosi dell'amore in tenerezza, passaggio incalcolato dalla libertà alla schiavitù, volere in ombra, ticchettìo dell'orologio, ticchettìo uguale dell'orologio. E Felice, che dopo l'accettazione frenetica del sacrificio m'aveva scritto e riscritto delirando di rimpianto, come un bendato che fosse stato condotto attraverso regioni in sole, protestando che non voleva rassegnarsi, giurando di riprendermi, Felice venuto acre e tremante per coglier agli angoli della mia bocca un fremito irrefragabile, stette fra noi due un'ora, un'ora che neppur alla sua anima certo egli mai potrà raccontare, fra la zona azzurra della mia grave soavità e la zona rosso-bruna dell'uomo sicuro, sostò, viandante com'egli amava chiamarsi; forse non parlammo che d'ali migranti, poi ch'era settembre...

Vespero di settembre, in cui non vissi il mio dolore! Quegli che s'allontanava disperato e persuaso non fu seguito neppure dal mio pensiero silenzioso. M'afferrò il gorgo d'un'altra sofferenza, lo stupore per l'improvviso tormento fosco di colui che fra i guanciali pareva voler inabissarsi, nascondeva la fronte, mi mostrava soltanto le spalle e le mani contratte. Morbo fin allora sconosciuto, che respirai, atroce gelosia del passato, fame di spettri! E rantolava: "Egli è bello, devi averlo amato più di me...". Ah uomo, uomo! Venivo da un limbo dove i moti irriflessi dell'istinto m'avevan per tanta parte della mia giovinezza colmata di disgusto; ora credendomi balzata nella sfera dei viventi, nel dominio d'un dei pochi che sanno o cercan di sapere perché son nati, volevo giustificare anche ciò che più ingenerosamente mi colpiva. Lasciatemi dire, aiutatemi a dire. C'è una creatura fresca come l'istante che sboccia sul prato o sul greto, che non ha nulla dietro a sé, non appoggi, non esempi, e sporge la fronte rotonda. Che le dovrebbe importare l'istante di prima e quello di poi? È fatta per darsi, e per cantar la gioia che dal suo donarsi viene a splendere sul volto del mondo. In che la possono toccare storia e religione, poiché è l'innocenza? Ali violette di ciclami, ali rosate di conchiglie l'appagano. Ma quegli che il seno nudo di lei trova più dolce di qualunque riviera carezzata dal tramonto in un paese felice, non si contenta tuttavia. Forse ha torto, ma la potenza che lo trascina a tormentarsi, la terribile manìa dagli infiniti aspetti gli soverchia l'anima, e la fresca creatura dalla fronte rotonda comprende questo, ella è intelligenza ed amore, soffre ma comprende, giglio della valle vestito di luce, allodola salva da ogni uragano, fatta per cantare è costretta a meditare, a coltivar in sé facoltà senza grazia, oh polverosa memoria, oh asmatica logica!, è costretta ad analizzare e a notare, a trovar senso nei nomi astratti, senso nella categoria dei valori, nell'asceta come nel guerriero... Asceta e guerriero, per voi! Voi affermate che siete spirito e ch'io sono natura, e forse non v'ingannate. Se io, immolandomi, con la tenacità d'uno sforzo che non saprete mai quanto tremendo, vi provo che posso riconoscer tutto di voi, con le stesse parole che vi foggiaste, catene di piombo per me, se vi do la testimonianza lucida di come la mia vita di donna fu attenta ai vostri modi e ai vostri fini, non riaccosterete voi nella vostra lealtà i due termini che con frusto orgoglio dichiaraste inconciliabili? Poi venga, forse un'alba forse una sera, come l'improvviso fior bianco di Espero contro cieli di viola e di fiamma, qualcuno con squillante riso, una giovine meraviglia, una divinità duplice, e ci annienti nel suo abbraccio, oh sapore di vita conclusa!

Ali di ciclami, ali di conchiglie. Foreste dall'ombra bionda, dune lunari. In un giorno di tempesta, senza traccia in cielo di colore, scorsi d'improvviso il più vago iride in un breve lembo di schiuma lasciato da un'onda sulla rena. Specchio istantaneo del celato sole, evanescente imagine dell'invisibile.

Bragie infuocate all'estremo orizzonte, in tramonti d'ogni stagione, per le mie mani, amore!

E il fondo della stanza s'irradia, la stanza coi muri bianchi lassù presso la pineta, coi muri bianchi qui dove a quel tempo penso. Fra i due schermi in attesa tutto ciò che s'è proiettato mi sfida. Immensità, ti si vive, ma non ti si rende.

Un ponte.

"Per te" dicevo all'effigie di mio figlio. Ma non era per lui soltanto e già mormoravo: "Se egli non m'intenderà, questo che faccio non sarà tuttavia vano".

Vedo quel tempo, di là dal ponte. Tutto ciò che non scrivevo; l'alito autunnale, l'affiorar dei colchici, il deserto a losanghe staccionate, le agnella che nascevano fra le greggi nomadi. Certe ore sospese, quasi riverse nello spazio, la terra invadendo il cielo. Il ritmo che sovrastava, me inconsapevole, tutte le mie energie: che, certo, prometteva di palesarmisi, fosse pur fra dieci anni, prometteva di non smarrirsi s'anche non gli avessi porto orecchio: ch'era, di già, nel mio passo e nel mio sguardo, in quelle ultime camminate per la strada dominante Roma. La città dove il mio destino pareva inciso in pochi rudi tratti: devozione all'opera, devozione all'amico: poi, forse, intorno al capo stanco le braccia del figlio. Rudezza, oscurità, coraggio. Bruni scendevano taluni pomeriggi ad avvolgere la casa solitaria, la pioggia mutava in nubi i campi, il freddo m'interrompeva la fatica... Brividi, fors'anche di febbre. Se qualcuno m'avesse detto "Che cosa hai?" non avrei udito. "Perché ti batte così forte il cuore? Che vedi? Sembra che tu non abbia mai conosciuto né dolore né gioia o che tu abbia tutto dimenticato, sembra che la tua vita non sia che una spoglia, qualcosa che non t'appartenga, e il tuo respiro ha la violenza dell'acqua e del vento..."

Il peccato

Sette anni. Un albero di folto fogliame.
Le foglie, giorni, ore, attimi, han bevuta la luce, tutta, si son lasciate, tutte, penetrar dall'aria. Nulla che non sia stato in pienezza sentito e consumato.
Che cos'è la nostalgia? Richiamo desolato di emozioni interrotte, stroncate, di cose intravedute e non possedute, di luoghi e di età a cui non potemmo darci interi. Io non ho nostalgia della mia perfetta infanzia, l'ho della mia adolescenza trafugatami. I mesi in cui allevai il mio bimbo, se in mente li rivivo, appassionati e radiosi, stolto sacrilegio sarebbe rimpiangerli. Così non soffro, ora che è chiuso e lontano, pensando al tempo in cui Andrea ebbe per me la sua vita paga e colma. Quando lo sentivo felice, e n'ero ebbra. Quando ero giunta, oh istinto della donna, istinto abnegante, per lui liberare dai mostri del dubbio, da ogni paura del passato, ad avvelenarne le vene mie create sane. Che per lo spettacolo del mio tormento egli si sentisse più certo della propria gioia, poi che tale era la legge dell'anima sua! Un rantolo sfuggitogli una volta, quanti doveva generarne nel mio petto! E gli dicevo: "Se qualcuna delle donne che hai desiderato, se l'ultima, ecco, apprendesse da me ad amarti e ti si offrisse, oh mia vita, non farei un moto per trattenerti...". Gli dicevo: "Come posso illudermi di bastarti, e che tu

abbia dimenticato tutte le altre, quelle che non ti si son date e pur affermavano di volerti bene, quella ch'era vergine e aveva le guancie di pesca, l'altra ch'era fastosa dominatrice, e questa, questa ch'è qua vicino, che ha l'arma ch'io non avrò mai, l'ironia su labbra sottili?". Le compiangevo di non averlo saputo adorare. Vissero nelle mie allucinazioni, esse che m'ignoravano, vissero esaltate e beate or l'una or l'altra, ringraziandomi e schernendomi. Io che non avevo mai assolta in cuor mio mia madre d'aver perduto per gelosia la potestà su se stessa, infinite volte mi sentii a mezzo il sonno svegliar in tortura, chiamata da un'acqua profonda per sottrarmi alle fiamme, com'ella certo il mattino in cui si gettò dalla finestra sul selciato... "Bisognava resistere, mamma!" ferocemente io le avevo gridato quand'ella fu salva nel corpo ma per sempre colpita dentro la fronte. Ah tutto che senza pietà, inesorabile come la luce, pretese in me lo spirito dalla forza umana, tutto venne a me stessa via via dal destino proposto, tutto dovetti con me stessa col mio sangue dimostrar possibile!

Non scagliar pietre, giovinezza senza peccato!

Libero, non più tremante, egli conosceva per la prima volta in vita il calmo senso del possesso. Una donna era sua, gli apparteneva, si consumava per essergli ancor più in balìa. Una volta mi spiegò: "Ti amo, vedi, come da noi si ama il proprio pezzo di terra".

Vi son migliaia di foglietti che io non voglio rileggere, d'allora, inchiostri impalliditi, matite svanienti, vi sono, in pacchi alla rinfusa nel mio fardello d'errabonda, migliaia di note ch'io prendevo null'altro che per necessità di riconoscermi, di là da tutto quanto avevo raggiunto, di là dallo stesso libro che scrivevo che pubblicavo che difendevo, note di stupore il più sovente, note di spasimo, analisi, indagini, divinazioni e puerilità, getti, smarrimenti, tutti i miei sensi che cedevano al verbo, che del verbo si sostentavano, la malinconia che gli uomini han raffigurata in Narciso, un pudore selvaggio, una selvaggia nudità, recondita ogni legge ogni armonia, migliaia di pagine senza data, fronde accartocciate per guanciale alla mia stanchezza se mai una volta la stanchezza mi vinca.

Per il riposo che mai conobbi durante una notte intera, durante un'ora diurna intera.

Ventilavano senza pietà per me tutte le mie energie a ristorar la fronte dell'uomo che volevo benedicesse così sempre la vita. Fresco balsamo io gli ero in virtù delle orgie di pianto cui m'abbandonavo quand'egli non mi vedeva, in virtù del tormento inacquietabile che dava alle mie pupille uno scintillìo di più serena notte. Lo interrogavo nel sonno pregando che l'incanto su lui durasse, ch'egli non si svegliasse. Come era così rapidamente passato dalla sua cupa negazione umana a tanta ferma fede? Non per la bellezza dell'anima mia ch'egli non la sentiva come sentiva invece ogni sera ed ogni mattina il mio corpo; ché gli era questo, davvero sì, simile al pezzo di terra che ci sostenta. Era bastata al miracolo la mia forma lucente, il calor del mio petto, non m'illudessi! E la verità gli sarebbe riapparsa menzogna s'io ammalassi, s'io morissi, questo mondo in ansito perpetuo non l'avrebbe più esaltato? Come saperlo, se mi faceva sobbalzar di terrore la vista solamente d'un corrugar delle sue ciglia nel sogno! Ero la schiava della mia forza: della mia creatrice immaginazione ormai: del ritmo impresso al mio cuore. Il mio potere era questo: far trovare buona la vita. La mia forza era di conservare tal potere anche se dal mio canto perdessi ogni miraggio. Amore senza perché. Senza soggetto, quasi. Occhi miei che non avevan feste e non si dolevano. M'avrebbe amata senza la mia bellezza? Volto ch'egli m'insegnava ad incorniciare, snello mio corpo austeramente sdegnoso fin allora di qualsiasi specchio! Tanti credettero, vedendoci accanto, ad un mio sacrifizio fisico! No. Altro gli gettavo ai piedi, ed egli non lo seppe veramente mai, egli che pure m'aveva detto: "Devi aver confidenza in me". Confidare. Non vuol dire certezza d'esser indovinati? E l'avevo subito perduta. Quei miei fogli d'appunti io li nascondevo, sola cosa mia che non gli permettevo di conoscere, unica mia gelosa proprietà. "Non hai bisogno della mia anima – gli dicevo guardandolo dormire – e perché dovresti accorgerti che soffre? Hai la tua da alimentare, da conservare, da difendere. Ci credi uno e siamo due. Sei tu centro del mondo, tu con la tua visione ormai immobile nella casa ben salda della tua mente. Ti mancava soltanto questo, povero bimbo grande, l'equilibrio organico, e con me l'hai ottenuto. Riposi così tutte le notti con la mano sul mio cuore: e ti basta il suo bel respiro. Tale è il tuo amore, senza struggente sete di dedizione, senza voluttà di sconfinamento. Non sai la vertigine di me che son pronta a sparire se tu lo voglia, se debbo farlo, se lo esiga la tua missione, il tuo maggior bene. Questo annegare lucido del mio essere. Ti porto ogni sera una ricchezza più grande, e la brucio in silenzio fra le tue braccia, che tu veda null'altro che un bagliore caldo su la mia pelle. M'accresco, m'accresco, della folla bruta che rasento, dei bimbi che mi trattengo dal carezzare, del boccone miserabile che trangugio freddo, d'ogni luce che svaria, d'ogni domanda che mi rivolgo sempre più spietata. Non un mio minuto che non sia tensione, sforzo. Confondermi volevo con il tutto e son da tutto così staccata! Anche dal mio libro, povero umile attestato di resistenza umana; cosa rigida, senza benedizione, senza sorridente divinità... Dio. Mi si manifesterà nella tua poesia? Tu, sei hai il genio, fa di me quel che vuoi. Io non posso che ardere intera, quale sono, quale divengo di sera in sera..."

Dio.
No, non lo nominavo.
Ma – una catena di cuspidi è la vita.
In monti s'elevano i costruttivi giorni che il dolore sfidarono, il dolore laggiù nel piano, il dolore, mare, oceano, acqua stagnante o tempestosa.
Cime bianche, vertici di lunghi anni, ridenti vertici nel sole!
Non nominavo in quel tempo Iddio.
Ma – rinuncia ad ogni tangibile giustizia: al mio figlio stesso; aspirazione ad uscir da me, da quella mia così atrocemente conquistata coscienza, dalla forma di vita quasi santa che ancor mi pareva troppo facile, vile; l'avvenire, in millenni, che in certi attimi ineffabilmente credevo d'aver già sorvolato; moltiplicazione, ideale estensione di brividi nel tempo; chi, chi musicava di note tanto verginee le linee virili della mia fronte?
Religioso culmine – ma non sapevo di toccarlo.

Pur commisi allora il peccato di cui mi sono confessata, il solo forse concreto peccato della mia vita. Andrea m'indusse e non m'opposi. Asportò egli dal mio libro le pagine dove io diceva il mio amore per Felice. Ed io lasciai amputare così quella che voleva, che gridava esser opera di verità. Come un altro qualunque dei tagli operati sul manoscritto, come su un qualunque lavoro letterario. Uncinò i margini con parole sue. Dov'era la piccola gagliarda che si chiamava Rina, che da sola dopo tanta tribolata umiliazione aveva un giorno intrepidamente agito e s'era assolta? Ribattezzata, ripiantata. L'uomo ha un così ingenuo istinto di coltivatore!

E l'altra persona offesa? Che cosa avrebbe detto Felice alla comparsa del libro?

Lagrime che più non piango, creature perdute, selve oscure immobili nel tempo...
Parole da dire, anima mia. Parole che dici, quando il minuto ti coglie, fra miriadi, e poi senti che la morte non avrebbe potuto chiuderti la bocca senza che tu le avessi dette.
Fra la morte e la sorte, misterioso patto! T'amano le due sorelle in ugual misura.
Ali intorno alla mia fronte, meditabondo respiro, forza, elemento.
Campi lavorati dalla mia passione, e acque, e rupi, certezze, sgomenti, inni.
Visioni che diventan parole.
Accostamenti, come nella vita, impresentibili.
E silenzi, gorghi, distrazioni, indi ritorni, al minuto esatto, o sorte sicura come la morte!

Non lesse il mio libro Felice.
Morì chiamandomi ancora Rina.
Non s'uccise, morì, in due giorni, dopo due anni dal nostro distacco, per non so qual male fulmineo, senza nessuno accanto, forse senza credere di morire.
M'ha chiamata? Non l'ho sentito, non l'ho riveduto. M'ha detto la cosa un mattino Andrea, adagio. E adagio ho rantolato no, no, che non doveva esser vero.
No al destino, Rina?
Ma io avevo differito, differito... Per non dar dolore a quest'altr'uomo non avevo mai più scritto all'abbandonato, m'era mancata la forza di andar in fondo

alla mia speranza, di creare di alitare una fraternità amorosa dopo l'amore, dopo l'ultima notte vegliata sull'amore... Miseria mia! Lasciami stare, tu Andrea. Va via, se ti fa male. Lascia. M'era caro! Non potrò mai più fargli sapere quanto m'era caro. Il tempo s'era fermato, c'era qualcosa di fisso; anche dopo dieci anni rivedendolo gli avrei preso fra le mani quella sua testa dove i capelli erano fiamma, tenerezza, spasimo...

E non sono io qui, e tanto tempo è, Felice, che sei bianca polvere nel tuo cimitero di montagna, non sono io qui, brivido ancora, pensiero di te ancora?
Altri ho amato, dopo quegli stesso per cui t'ho sacrificato, altri più saldamente, con più fiera disperazione. Ma per nessuno forse avrò mai quest'accento che forse era tuo, cuore elegiaco, cuore che prima degli altri tremasti ti smarristi ascoltandomi. Quel mattino che ti seppi morto mi parve finita la mia giovinezza. E no, finisce invece oggi che termino d'evocarti, Felice, per chi? Da oggi non m'appartieni più, e tutto quello che di te non ho saputo fissare svanisce per sempre, e questo ch'è qui chiuso non sarà più mai che una cosa sognata e donata via, donata via, o nostra giovinezza, alla vita!

Lontananze verdi azzurre corse d'ombre d'argento, vi furono occhi che non vi vedranno più.
Oro levante dal mare, cornici di ghiaccio verso sera incandescenti, solchi di voli: in quello sguardo mai più.
Si sarebbero stancate le sue pupille? Adolescenti eterne son le apparenze.
O la beltà della terra mai si corrompe per ciò soltanto, che non tutti gli umani specchi si appannano, che taluno si frange quand'è più terso?

Còlte nel sonno, còlte in battaglia, ignare o ribelli o pronte, di giovinezze tronche son soffusi gli orizzonti, di giovinezze che non maturarono, non si sfecero, senza figli senza opere, e i tramonti per ciò solo forse nei cieli han tutti sempre magie d'aurore.

Un filo di canto, un filo di canto che mi dica di essenze senza nome, di essenze solamente, senza spiegazione!

Le carovane

Le stagioni si seguono, ritornano identiche, c'è qualcosa che cresce, qualcosa con leggi che paion diverse, oscure – e quanto vivrà se intorno ebbe, mentre si formava, tanta mutabilità di cieli?

Fibre di donna sanno la lentezza solitaria del tempo che inturgida un grembo, ma agli innumerevoli attimi ritmati dal duplice cuore c'è un termine fisso. Chi invece potrà dirmi se quest'opera mia sarà compiuta fra un anno o fra altri dieci, essa che dovrà poi intangibile restare, opera mia, polvere stellare?

E la traversa il vento, odor di pane caldo, odor di muricciuoli muscosi, odor di trucioli sotto la pialla. L'investe, essa sospesa come veramente disgregati atomi, il vento di volontà strane.

Incominciata credendo ugualmente lontane quelle che invece rombano rombano, che folgorando lacerano l'aria. Creazione incominciata come si prega, attimo brividente della concezione, come per il figlio, e tutto il resto è più soltanto travaglio, travagliata sorte.

Morte e vita folgorano.

Tocco del sole al rintocco di mezzogiorno sui muri sulle altane sugli orti delle case tante che a mezzo il giorno m'ebbero. Vento di sera su le palpebre, sulle ciglia degli occhi che han pianto dianzi, vento dolce.

Travaglio, tormento, e fresche solitarie perle. Case ferme, nuvole fluenti.

Una pagina di bravura: scritta come fu vissuta: con dura volontà, e così poco per me! Ch'io ho in cuore tutt'altro, che par trabocchi e non posso ancora assolvere.
Compatta, stagliata bravura.
Bimba, mi separavo nettamente dal gioco per il còmpito, come un corpo stillante dall'onda s'avvolge nella rena. Poi fra gli operai di mio padre, centinaia, nell'ansito enorme dei forni – è rimasto nel mio sguardo un poco della vampa e dell'incandescenza della materia fusa? – mi sentivo innestata pulsante in quell'attività, a gara quasi con il cervello di chi la dirigeva e con i muscoli degli altri. Ho allineato cifre, diritta ho sorvegliato le opere manuali, ho portato per ischerzo dei pesi sulle braccia che qualche anno dopo reggevano il mio piccino. Figlia di padroni. Tanta forza da spendere, tanta, per giungere, esangue, ad intendere la libertà lieve d'una linea di montagne azzurre, là giù...
Compattezza, assai tempo più tardi, di povere necessità, quasi inavvertite aggiunte esterne al dolore fedele: la misura del soldo, il cibo preparato con le mie mani, la vana tentazione d'un frutto o d'un poco di profumo: il lavoro per quel soldo, fatica greve di spogliar giornali di sfogliar riviste, occhi su bozze d'estranei, pennino che traduce volumi e volumi, stolidità, mesi, anni...
Le cime delle mie dita son come petali tuttavia.
Apologia di Socrate, scoperta una sera, compenso d'infinite biografie cenciose!

Vidi passare carovane.
Continuano il loro andare, certo.

Donne in sale d'ospedale mi porsero i loro piccoli, migliaia di donne, poveri lineamenti duri, aride labbra. In ore mattutine ch'erano talune terse e fragranti, miseramente migliaia di piccole membra nude mi si mostrarono, e le loro condanne.

Vidi luridi sacchi d'indigenza, nei fondi e nei sobborghi, ch'erano stati figli di popolo, avevano indifferentemente lavorato e rubato, ora fuorusciti di galera impassibili s'ammucchiavano.

Intorno alla città lo spazio s'apriva interminabile per la fuga. Grandi ombre al suolo. Suolo dell'Agro Romano, erano gli intenti cirri nel cielo d'oro. Tutte le forme apparivano per stamparsi così brune a terra, nomadi bassorilievi. E il bruno e l'oro, la rasa pianura e il cavo velario del tempo cantavano.

Fu un'estate, od un inverno, non so. Vidi quella maestà deserta avvallarsi come certi sguardi: e insospettate, nei campi d'ombra dove l'umano pareva remoto, bruire vite. Cose di creta, ancora o di già? M'interrogavano: "Donde vieni? Come sei bianca!".

(Dolore, dolore d'oggi e di sempre, non ti vinco, sei presente. Le imagini che richiamo nulla tolgono né aggiungono al sapore di terra che ho in bocca. Ma, nata signora, e guerriera, scrivo, con la stessa mano che leggera ha portato ieri un tralcio di rose al giovine ferito che m'ignora. L'ha baciata egli con senso strano, e bello era il tralcio fra quel sommesso stupore e il mio sorriso di lontana.)

"Donde vieni?"

Indicai Roma, come un giardino di cristallo che stesse appena sorgendo sullo sfondo di quell'immensità.

Una singhiozzante letizia, un attimo, può creare una rude legge di anni.

Mio divenne tutto il terreno di chi una volta aveva colonizzato il mondo: più mio che se a cavallo a galoppo lo percorressi sconfinato dall'adolescenza: dominio aureolato, e accanto a me videro giungere quanti con Andrea trascinai; dai villaggi di paglia e di mota e dalle impreviste caverne, dubbiosi s'affacciarono all'arrivo della nuova gente, dei maestri, dei libri: il suolo più e più s'avvallava, verso mare, verso monte, o tutto polvere o tutto acquitrino, luccicava febbrile, mi risollevava in viso grandi occhi di rugiada, certe albe che un'improvvisa melodia chiomata di pini s'accordava al volo alto d'un'allodola.

Risero e piansero i più vecchi imparando a compitare – questo è il ricordo più sicuro di quella mia lunga opera: esso vale ch'io non lamenti la forza e la passione che le diedi.

Terree dita tremanti che apprendevano una ormai vana per loro scienza, come una musica soltanto ormai.

E quivi era la giustizia: nella realtà e nella tenuità di quella gioia, loro e mia.

Parvi arruolata per sempre fra coloro ch'han l'esistenza riempiuta così, fondano scuole ed ospizi, si scambiano patetiche visite, fidano in un ordinato avvenire sociale.

Un fantasma sopraggiunge, ha il passo scalzo, ha un caro gesto.

Francesco, santo della mia valle.

Se ancora questa mente lo riceve, vadano ancora sempre trascurate le bigie ironie.

Come se posta io alla sua sinistra avesse egli, quando chi sa, cancellato le braccia in modo di croce, messo la mano diritta sul mio capo, e dettomi con dolce riso, come al suo Bernardo: "Andando e stando".

Andando e stando, amore.

Gioia di dare, gioia di ricevere, senza saper nulla del domani, senza nulla attendere.

Dov'era sostanza grigia di roccia, uguale e tutta bruciante, ecco freschi rivoli, colorati giochi.

Con Francesco si son rese sensibili le primavere d'Italia. Le mura si son dipinte. Per le lande s'è cantato. Oh Siena, oh Ravenna!

Mistica libertà, sapienza spaziale della mia terra, realtà insolvibile ed universa.

Andando e stando.

Fu in quel tempo che il mio povero libro ramingò per il mondo.

E c'è una zona torbida – ho detto che lo difendevo? – scisso da me il mio valore, e la cifra oscura dibattuta, aspramente: io senza quasi più respiro, che pur m'ero spogliata per immergermi nuova nelle acque e nei venti. Zona torbida, che chiamarono quasi gloriosa, zona amara, sapore ingrato.

Le donne, quelle che scrivevano, perché non comprendevano?

Non ho dimenticato. Ma siano perdonate. Piansi su loro.

Dove giungeva senza data, ivi soltanto viveva.

Posterità. Pagine lette con certezza di spirito, messaggio di lontano, nome non importa se mai prima udito, parola che s'inserisce per sempre. Io son forse già sepolta da secoli. E quando mi s'incontra per le strade della vita da quelli che m'han letto così, mi si trova reale e remota quanto l'effigie d'un affresco o d'un sarcofago, oppur la figurata in un poema, Calipso o Antigone o Isotta. Vecchi e fanciulle mi guardano con identico abbandono. Madri mi chiedono del mio bambino come s'egli avesse in eterno sette anni.

Han vegliato con il mio libro su le ginocchia, hanno creduto. Tante t'han cullato, figlio!

Passavano uomini fieri, uomini scaltri, uomini semplici.
Mi consideravano in silenzio nella mia inaudita fedeltà all'amico povero e deforme.
Uno solo, una volta – aveva una voce che vibrava intensa e bellissima, nessun'altra sentii mai così sospesa nell'aria della sera, palpitante potenza – osò dirmi: "Non vi fa paura la felicità che date? È un dono terribile, e quegli che l'ha ottenuto non lo sa".
Dov'è, com'è la sua voce ancora, che non l'ho mai più udita? Cos'è questa lucidità del mio ricordo, questa brezza ch'io se voglio sommuovo a tanta distanza di tempo, parole che dinanzi a me sola, allora, s'alzarono nella sera, e chi le pronunciò, se dovrà qui incontrarle, non saprà forse più che furon sue?

Carovane, tante.
Lunghe righe equivalenti.
Vanno, e non è vero che la terra rotea, tutto è rettilineo, non c'è vortice, tutto è separato sebben s'equivalga, carovane, tante, scalpiccìo sordo, magnetismo pesante, e soltanto a notte, quando s'accendono le fiaccole, nel momentaneo ondeggiamento, simile a quando imperiale lo scirocco confonde isole e mari, io minuta sperduta ritrovo vertiginosamente il senso delle sfere, libera lanciata in preghiera, che l'indomani una danza s'allacci fra il serrato mio tormento e l'anima gioiosa del sole, oh silenzio, silenzio che aspetti!

Com'era intento lo sguardo, palpebre abbassate, di Psiche il giorno che l'interrogai.

Avevo navigato per molte ore con l'ansia unica di rivederla. Meravigliando in me stessa che mi soccorresse il ricordo di un marmo in quel ritorno ch'io facevo da paesi distrutti, gli occhi pesi di tanto spavento altrui, esausta in ogni membra e nel cuore.

La nave riportandomi traeva per sempre con me a riva frantumi di visione: una strada di ferro e di selce smossa, interminabile, percorsa un plenilunio, coi piedi feriti, tra lo sciabordio della spuma attorno a scogli d'erto incantesimo e l'ululato dei cani all'appressar d'ogni villaggio squarciato, alternandosi odore di zagare e fetore di cadaveri: una sete atroce un'altra notte, noi stesi sul pavimento d'un carro bestiame in una stazione, e voci in agonia dalle baracche e dalle ambulanze ad implorare una qualunque stilla da bere; il viso dei disotterrati vivi, il viso d'un piccino estratto dopo una settimana, che pareva alitandovi sopra dovesse diventar mucchietto di polvere; gli scoppi di risa gagliarde immemori, macchie di sole stridenti sulle rovine; e ancora dolceamaro fluttuar d'azzurro, nomi dolciamari, Scilla, Palmi, ombrie folte d'agrumeti, selve antiche d'ulivi, il candore alto dell'Aspromonte, un fermo aspetto d'eternità...

Palpebre abbassate, lucente seno, Psiche ascoltò.

Le ero dinanzi, e l'ansia permaneva. Le ero dinanzi come cosa ivi spinta da una lontananza maggiore di quella che supponessi. Già la nave andavo obliando e le terre sconvolte – e l'ansia cresceva. Una passione, una desolazione più segrete. Sentivo tornare sui mari la calma, le rovine sui lidi già coprirsi di verdura, e nuovi flagelli prepararsi, guerre divampare fra l'umana gente provvisoria...

Psiche, Psiche!

Quel suo torso, spezzato e perfetto quale l'avevo

agognato, splendeva. Sommersa ogni memoria di mito. Ma, forma di consapevolezza ineffabile, ecco la statua ricreava per me l'atmosfera di concentrato spasimo ond'era sorta.

Così mi rispondeva.

Una invisibile polla di viva acqua ci trasmutava l'una nell'altra. Ella ritornò per qualche attimo materia scalpellata, alitata: io mi sentii composta in linee sovrane, virtù e genio espressi musicalmente, fuor della storia e d'ogni speranza...

(Debbo morire. Finché avessi saputo portar in me sola il ricordo di quell'istante sarei stata immortale. La divinità ci tocca, non esita ad entrare in noi, perché conosce che non possiamo non staccarci da ciò che di più grande ci fu donato. Peso insostenibile di ciò che fu più lieve e ci rapì ogni gravame, peso da gettare poi che debbo morire, anima, rivelata bellezza!)

La favola

Ho io timore? Non l'ebbi allora.

Invoco, che mi serbino il loro bene, le donne dolci e pure che ho sulla terra: il volto roseo accorato della mia sorella, nata ultima di mia madre e di mio padre, che ha bimbe ora uguali a quella ch'ell'era, a quella che ancora in certi sonni buoni riveggo e vezzeggio, cara tenerezza: il volto d'un'amica giovinetta, il quale fa quando m'appare che armonia ritorni, anche nell'ore più aspre, tanto è imagine ed essenza di musa, tanto io credo ch'ella intenda e sollevi la vita: ed altri, altri volti ancora, attenti e fedeli; donne, misteri che non tento di sciorre, le più sante come le più maliarde...

Cominciò puerilmente come cominciava la primavera: voci d'alati sul poggio mi destavano all'alba, vibravano nuove; mai le mutazioni nel cielo di marzo m'avevan tanto commossa; ingenua e indocile una forza nell'aria pareva ad ogni ora pregarmi e nascondersi.

La favola era bionda. Un color caldo si moveva su tutte le cose. Qualcuno giungendo ogni giorno mi riempiva di fiori il grembo, diceva: "vieni", mi conduceva correndo all'argine vivo e silenzioso del fiume. Cantava. Due punti d'oro negli occhi, una piega violenta e luminosa nei capelli.

Innamoramento, voce dal lento volo!

Lungo raggiare di sguardi, e senza che una sola sua ciocca mi toccasse la fronte, s'io chiudevo gli occhi mi permaneva sulle ciglia una festa splendente.

Baci su le mie mani, lunghi. E le sue dita immerse nelle mie trecce, profonde come vento nelle radici.

Più vicino! Più vicino!

Trasfigurato è il mondo. Regnano le silfidi. Mi preme così la bocca con la bocca, in questo brivido vasto d'innocenza, oh luci d'oro, una che è donna come me, e fanciulla.

Una.

Iddio non mi mise in petto timore.

Iddio ha sempre voluto nel suo terribile cuore chiamarmi leale.

Iddio, che unico sopporta i miei pianti, i miei gridi laceranti, la miseria e la devastazione che sul mio viso talora balenano come su una landa battuta dalla sua notturna ira, unico anche sa s'io sono stata, s'io sono degna d'aver accettato per l'eternità il suo patto.

La mia voce non vale – ché non posso accordarla su cembali risonanti su cembali squillanti né su arpa o cetra – ad attestare che per ogni mio ardimento ebbi tanta gloria di felicità quant'ebbi di pena. Vale invece questo stesso viso, quand'è asciutto di lagrime, il mio aspetto, ch'io conobbi il sole e ne fui penetrata e seppi le grandi contentezze, vale questo liscio di rosa sotto l'ala d'argento dei densi capelli. Un piacere forte, d'alta prateria, prova chi mi vede. Gli anni lontani e ieri ancora, tacitamente, m'hanno smaltata. Per questo che su me riluce, potere mattutino, come su una qualunque genzianella pulviscolata di ghiaccio, io mi amo, per questo, potere mattutino, illimitato, fra tutte le fantasie del creato la più magica. Amo la mia natura feminea, gagliarda in riconoscenza. Ma, fortunata la sorte virile! Portando sotto il cielo la sua maschera sprezzante l'uomo m'incontra, m'abbatte, gode di me riversa, di me, nobiltà dolce di forme, bontà dolce di petali. Ore di tripudio, fra messi mature e api liete di miele. Chi dei due più s'avvicina all'infinito? La donna nella stretta, resupina, non ha quasi più sguardo; e s'anche l'abbia aperto in attesa profonda (la morte, la morte può venire, ci trovi intenti e belli e non fuggiremo) meglio fortunato sempre l'uomo, che la contempla fatta a simiglianza di soave nube per lui inserta in terra. Gioia dagli occhi gli ride. Fra messi mature o tra querce e pietre e acque, brillando l'aurora, una spalla di ninfa bianca secreta è parola imperitura.

"Tu non puoi sapere" diceva la creatura dagli occhi d'oro.

Ella supponeva a se stessa un maschio cuore; e foggiata s'era veramente a strana ambiguità, sul nativo indizio forse del timbro di voce, forse della tagliente sagoma. S'era foggiata ed agiva. Con volontà d'uomo o d'angelo ribelle, con forza quasi di dannato – ma io, nessuno potrà mai giudicare se più demente o più veggente, ero toccata invece da ciò che in lei permaneva d'identico alla mia sostanza. Tentavo persuaderla dal mio canto: "Tu non sai". "Non sai quanto il tuo amore sia diverso, per quanto tu faccia, dall'amore che gli uomini possono darmi. Com'è leggera la tua carezza! Non mi penetri ma mi accosti – come niuno mai. Ti cedo con franco tremore, hai un piccolo nome che suona come il mio d'una volta, e un tenero rossore su la

guancia se ti raccogli ai miei piedi. Balzi, cosa viva, e le labbra non ti s'aggelano come a colui che mi desidera. Sei tessuta di calore, e sei anche simile a una colonna d'acqua trasparente attirante. Non sai quanto nostra sia questa allegrezza e quanto nostra questa malinconia, così assoluta, che reggiamo perché abbiamo ali..."
Ci movevamo in una immensa campana di vetro abbagliante, la vicendevole iniziazione ci dava chiari occhi eroici.

Imparai, amore, che il tuo mistero non è nella legge che perpetua le speci.

Più alto, indifferente, estatico.
Io bacio una creatura perché ho gioia di saperla bella sotto il cielo, perché mi ferma un momento nel mio andare nel mio pensare, e per un momento tutto ciò ch'io sono glielo dono baciandola.
E quella era il simbolo della fanciullezza e della corsa e della rapitrice eco.
Come una in fasce può far ch'io l'adori per le sue aperte manine, meravigliate meraviglie, o una presso che centenaria, sola e lontana, che non sa e non chiede.

Ebbi orrore della viltà mentale d'ogni vivente intorno. E la sentii insieme fatale, piansi, avevo gli anni di chi pianse nell'orto di Getsemani, la passione gravò, l'oro della fiaba si sfrangiò in porpora.

Sangue, angoscia gorgogliante, sangue, chi mi salverà?

E le vene pesanti, brucianti, invocan sollievo.

Nessuna cosa più santa di una nudità che arde e rabbrividisce e si tende come il manto delle stagioni.

Fammi morire!

Fammi morire, chiunque tu sia, è l'ora che la mia carne non può oltre sopportare, l'ora che si preparava ma che non attendevo – fermentano fra macerie i cadaveri, una statua risplende per faro – fammi morire, chiunque tu sia, l'indicibile è questa necessità che tu mi ricopra, oh calore, oh tremore, vicino, più vicino! Hai ragione anche se t'inganni, ha ragione chiunque, sia greve o lieve la sua mano, cogliendomi in quest'ora mi sottometta e mi consoli, nudità contro nudità, brivido sterile e vasto, ch'è l'ora, i sensi finalmente son disciolti, godono essi e spasimano non più asserviti alla natura, natura essi stessi ineffabilmente, e oblio e follia hanno ali sospese d'aquila.

Più su d'ogni rupe, ali sospese a saluto.

Oblio e follia si nomano dov'è la terra e il suo travaglio: dov'io stessa m'affanno, figlia di donna, a che questi nati lucidamente s'ammettano, invano, e mi stempro in vane lacrime, e le valli e i laghi non si riempiono tuttavia, mi stendo e m'avvinghio crudelmente sino a desiderare di mai più vedere a sera gli astri sereni, sino a strider di ribrezzo se una messe, per me, di gigli mi piova intorno alle carni, gelida messe ch'era alta nel sole per la gioia di tutti e di nessuno. Oblio e follia in terra. Dov'è crepitio di secca legna fra alari, dove son foreste e ruvidi frutti di pino, dove sono tombe. Tombe bianche fra grandi cespi di gerani scarlatti, lungo le vie deserte di isole verdi-dorate, o accanto a cedri o accanto ad ulivi. Cimiteri, odorosi di rosmarino, ronzanti di pecchie, profili d'un poco di mondo bruno contro un poco di cielo terso. Dove son giornate di vento lucide, e sulla duna imprecante turbina la sabbia fra cardi azzurri. E templi, bionda pietra porosa tagliata ed edificata da mani greche, incanto del travertino incrostato d'alghe, nell'atmosfera paludosa che splende come sguardo in delirio templi aurati, vertici di venustà.

Terra, come sei bella! Le sere che mi appari impenetrabile, con la tua scia infinitamente delicata e nello stesso istante infinitamente violenta, parola senza sillabe, le sere che il tuo colore ottenebrandosi in valli e laghi irride, oh squisitamente, ad ogni umana eloquenza, mi dànno, esse certo, di poter salutarti così, anima librata in bacio.

Baci vuole la terra, plaga disamata.
Canti vuole di felice lievità e di forte carità.
Dioniso! Dioniso!

Gli occhi eroici

Ma – siamo poveri.
La forma grande d'un cipresso che s'alza da una riva d'acqua e taglia il monte a mezzo già brunito e a mezzo ancor rosato, svettando nell'aperto del cielo, non vale.
Siamo poveri, siamo vili, ed è fatale.

La passione purpurea si striò livida.
Divenimmo tre cose sciagurate, io e la fanciulla maschia e l'uomo che per anni ed anni m'aveva dato la dolcezza di farlo beato.
Tre pietà, tre incomprensioni.
Com'era la mia voce quando gridavo ad Andrea: "Spezzami, gettami via!"?
Quando gridavo: "Chiudi le finestre, non voglio vedere le stelle!".
Essi si guardavano talora con un guizzo di complicità; si odiavano ma si trovavano complici dinanzi al mio forsennato cuore.
Costernati sentivano la realtà del mio doppio delirio del mio doppio strazio: la potenza dell'animo che se ne avvolgeva; poi un qualche aspetto del mio viso, un lineamento, nulla, un'attesa indicibile delle vene, li riconduceva a negare – ah l'orrore per me di quell'identità d'accento! "No, dicevano, non puoi amarci en-

trambi, è un mostruoso assurdo, sei da tenere nel cavo d'una mano"...

Andrea!

M'intenda, se la mia voce gli giunge.

Tutto in ombra egli era.

Con le spalle curve, che parevano attestare che tutto lo sforzo avevano già fatto ond'erano capaci.

La morte gli vidi guardare e repugnare, la forza astrale, il segno silenzioso.

Ciò solo che fa grande il fatto d'esser liberi: la più inaudita libertà sente l'arco del cielo per confine, qualcosa ancora sopra di sé da adorare, segno silenzioso.

Ch'è in ogni aroma e isola gli istanti di vita intera.

Isolamento, stupore, incanto di tutti gli istanti mortali rapidi eterni.

Ricordavo la crudeltà ardente con cui i suoi occhi avevano fissato lo spazio quando avevo detto di Felice che gli ritoglievo la mia vita. E non s'erano dunque mai quelle stesse pupille posate su qualche fiorato alberello in un febbraio precoce o su qualche roseto sperduto nella calura, esistenze vegetali labili piene di pensiero?

Un riso anche labile mi pullulava segreto dall'anima, desolato più d'ogni singhiozzo, mi staccava mi lontanava, velato spiritato riso, mentre i due che amavo si contendevano quello che pareva non dovesse più mai stagnare, mio impudico pianto.

M'amavano essi?

Non alla mia stregua. Lo affermo giustizia facendomi come sul patibolo.

E m'hanno persa perché innanzi io li perdetti. Entrambi.

Sulla terra che è tanto bella, tanto che anche i sepolcri vi s'innalzano con spiragli di luce, il mio lamento si esalava senza speranza:

"Vogliatemi bene. Vi faccio soffrire, lo so. Come una cosa vissuta, una cosa annosa. Che vi ha preceduti, che vi seguirà. Vogliatemi bene, sono tanto stanca. Ch'io vi distingua, che tutto non si confonda. Questo mio masso di dolore – va in schegge su voi – le schegge vi lacerano, lo so – il masso resta, più nudo...".

Mi risollevavo. Non era vero, non ero stanca.

Ma poter strozzare il male che mi serra la gola! Prima che s'intenebrino le cose.

Credevamo, nevvero? nel bene.

In sogno la notte parlavo a mia madre. Concitata, ma la tenerezza mi fondeva il cuore. Ah, la sua assorta rigidità!

"Mamma, sei mai stata china sur un letto, con la tua guancia contro una guancia di bimbo o di uomo, finché il bimbo o l'uomo siasi addormentato con calmo respiro?"

Fiumane limacciose, salci riversi, vento giallastro. C'è una bontà nascosta nelle vene del mondo?

Ora sapevo. E quelli che avevo amati roventemente per un mistero di fede, creduti sopra ogni altra virilità ed ogni altra fanciullezza ricchi di germi, guardati avidi se mai qualche nuovo mito da loro si staccasse celeste, ora vedevo, ora sapevo, erano non dagli altri ma da me diversi, ora vedevo, ora sapevo.

Da me diversi. Dalla mia sostanza ingenua. Dalla mia trasparenza. Che li aveva attratti. Che ancora li sommoveva nel suo rutilamento miracoloso. Non potevano odiarmi, non potevano uccidermi. Li soverchiavo, tentavano arginare la piena delle certezze mie, nate con me, scatenando quello che avevano in se stessi di più remotamente oscuro, invano. E innumerevoli volte, in quel seguito allucinato di giorni e di notti, colme dell'anima mia del mio balbettìo del mio rantolo, per mesi e per stagioni or l'uno or l'altro innumerevoli volte mi caddero ai ginocchi. Li creava allora la disperata poesia che in me non voleva morire? Trascoloravano. Benedetta, parevan mormorare le sfere avvicinandosi, benedetta tanta passione, di là d'ogni livore e d'ogni tormento. Il cuore non s'è sottratto, il cuore fatto per darsi s'è dato, non si pentirà mai, c'è tanta grazia anche in questo suo spezzarsi. Non si offuschino i chiari occhi eroici. Le mani hanno supreme carezze...

Poi i lineamenti si distendevano, taceva ogni voce. Guancia contro guancia, materno ritrovamento, protezione sul misericordioso sonno.

Così stanno, per sempre: composti: un lene soffio accorato, mio, su essi dormienti o pellegrini.

Così in conche d'ulivi i venti posano e ali chetamente radon le fronde.

Così quella ch'io fui per Andrea e quella che fui per la donna di cui non dico il nome, rimane per sempre, cosa bianca, grumo di pietà, è là per sempre, salva dalle furie ella che s'era alle furie abbandonata bianca, è là, io la vedo ora, preludiante cosa, l'aria attorno è sommessa e dolce.

L'hanno premuta, carne di cerbiatta. Le hanno colto in biondi sentieri more asprigne. L'hanno respinta. Lungi, coi capelli madidi sulle tempie, l'una è andata per selve rosseggianti al tramonto chiamandola chiamandola, s'è gettata a terra, ha creduto sentir emergere dal pinastro tappeto la forma adorata, per sempre lungi. L'altro, oh l'altro, nella sua scorza più chiuso...

Selve, selve incenerite su cime d'isole: tutti quanti

gli stravolti aspetti della bellezza: risa di dementi, canti di forzati: selvaggia vita, irreduttibile ferocia, vita che morde che strangola, vita dei flutti e dei vulcani, nasconditrice di giustizia!

Nascosto, remoto ogni perché.

Perché mio figlio, ch'era mio nel tempo lontano come nessun figlio mai fu di madre, perché mi venne tolto, non morto ma con tutte le sue salde ossa, con i suoi occhi aperti, e la bocca mutata che mi rinnega, che dice che più non mi vuole?

E come per lui, che non cerco più, ch'è più solo ricordo di strazio nelle fibre, morbo nelle mie scavate fibre quando di tutt'altro esse soffrono, così per l'uomo che non volle tenermi sorella, che mi respinse dalla sua ombra.

Rispondono forze che non hanno nomi, voci d'immenso volume, alte, ma sembrano anche di sotterra. Tutto il mio delirio, tutto il mio martirio non bastano ad interpretarle. Sperse come aromi. Sperse come aromi.

Ma rispondono. Sono.

Le odo, più non posso chiedere.

L'anima che s'è avventurata e perduta, la mia, la sollevano la sprofondano. Quasi aroma anch'ella. Centro, raggio, non so, non sanno.

O forse polline.

Dove, dove mi poserò?

E la volontà infocata che in me chiamai d'amore a questo tendeva? Il balzo fu maggior della mira. Non ci son nomi più.

Era amore. Con quanto tremore di tocco! Con quanto furore di dono!

Chi ora feconderò?

Gravi di sole eterno son gli aromi.

Le notti

Una notte, a Cogne, bianca come le nevi delle montagne mirate il giorno innanzi.
Fra le strette pareti di legno eco di torrenti.
Profetica notte.
Anni da venire, misteriosi, con movenze libere, con intensi riposi. Prossimi o lontanissimi da venire, però miei. Non il desiderio li suscitava, ma, stranamente, quel vuoto insonne, quella lenta attesa d'alba quali fantasmi chiedenti d'incidersi nella memoria. Le cime di ghiaccio mirate nel sole, e il cammino per giungervi, abeti e larici, larici ed abeti, poi erbe e brevi cerchi d'acqua azzurra, azzurri occhi, e il mio pianto, nuovo, vena d'alpe, rasciutto indi lassù, dove Prometeo, spezzate le catene, fermo restava, placato ma non saziato – tutto questo, concretezza lucente, aveva preceduto. Bianca e profetica ora la notte.
Anni da venire. Segnati inverosimilmente da ritornelli di risa, risa schiette come certe galoppate di carminio traverso la nuvolaglia nei cieli marini, improvvise. Tanti paesi, tanti volti. Di bimbi, di vecchi, di amanti, di stanchi. E viole innumerevoli ai miei piedi, per quando nessuno mi vedrà, per me. "Sarai perfetta ogni volta che vorrai esserlo per te sola." Anima che Eraclito chiamava umida! Chi le darà dunque il

tono che la morte le ha ricusato? La solitudine con tutti i suoi fragranti capelli?

Ah dolce, dolce levarsi, muovere incontro al tripudio dei prati di smalto, dolce su la fronte la fascia raggiante del mattino, in alto!
Ah forte, forte l'andar della Dora, verde schiumante tra ripe di rocce! E in alto il suo lago, il bel Combal, per un poco ne arresta il vergine tumulto e con cheto mistero l'assorbe, le insegna il sapore profondo della terra.
Ah puro, puro nella sera l'erto altare di ghiaccio, e le sette stelle in alto!

Puro d'odio il mio cuore.

E, senza più veli, l'idea dell'umano dolore.

Credetti, come già dinanzi al torso di Psiche, di poter contemplarla immota. Nell'attimo stesso mi raggrappai alla vita, e nell'attimo di poi l'idea dileguava in cielo, io riprendevo a battere contro l'opaca realtà, a tentare di trasformarla violentando col mio amore i segreti divini.

Parlo di me come d'una senza nome né terra.
Non ho memoria di me, ne ho la visione.
Valgo se vi sollevo come fossi un atto silenzioso, una silenziosa ora densa che trabocca carezze spasimose, e la stretta vi lascia stupore e forza, gli spazi s'incupiscono scintillano, tacita alata la persuasione li corre.

Ridisceso il corso della verde fiumana, cui giacevano a lato tanti tronchi di betulle come nudi di ninfe snelle, parve giù al piano ch'io venissi dall'aver toccato in sogno qualche cattivo regno pagano.

Le nubi rimarono tra loro, serrate.

Sul mio volto il colore perdette lume.

Quanta libidine di bruttura, ebete libidine, giù fra la gente nel piano! Non sanno imaginare raggi, non sanno intendere le realtà altere, le vaste sincere innocenze, pestano pestano il suolo, sentono unicamente quella poca polvere cui interi aderiscono.

Qualcosa di definitivo accadde, se ben sordamente.

Il mondo da cui già un tempo m'ero staccata e che poi m'aveva, con obliqui lenti modi, ritessuto intorno le sue parvenze protettrici, ora d'improvviso mormorava vedendomi nuovamente transfuga, mormorava e s'indignava.

Ma questa volta il patto di libertà era senza remissione. Non sarei mai più rientrata nel buffo arabesco della società – (la società che all'ombra d'un suo crocifisso vuole in perpetuo che tu mentisca e ti lascia finanche morire se non rubi o non vendi... Quale mio antenato ebbe le unghie ladre, sì che me ne vennero quei quattro danari onde m'aiutai sino a ieri? Oggi, poiché mai non cederò a far mercato del mio bacio e nei duri impieghi della mano più non reggo, dovrò trarre il pane da ciò che è forse più gelosa cosa ancora che il dono fisico, da queste mie parole, grumi di pietà...).

Se il giudizio del mondo più non ti attinge, anima, che cos'è quest'anelito ancora d'intendere d'intendere e questa speranza pur sempre d'imbatterti in autorità che tu possa venerare?

Vuoi continuare a credere negli individui, e sì, esistono, ma pur i migliori, i raffinati i sapienti, non sono che guasti frammenti della volta celestiale. Non ti stancherai mai? Dovrai anche credere al paradosso, a volontà mascherate, a compiacenze maliziose e tortuose, ad espressioni bastarde. Perché sei nata bene, perché da piccola sei cresciuta in un giardino, anima, e nelle notti inconsapevoli qualche usignolo certo t'accompagnava il respiro, può darsi che la tua perfezione non possa ora compiersi se non conosci se non ammetti gli a te opposti destini, le creature che procedono dall'incerto, radici che seppero la sete, e dunque tu ancora umiliati, così vicini sono umiltà ed orgoglio, così Iddio gioca. Finito il tempo di confessarti. Devi ascoltare le confessioni altrui, e senza stramazzare. L'uomo, stupefacente giustificatore, vuol essere assolto mille volte per una volta ch'abbia assolto te. Non può sopportare il femineo viso bagnato di lagrime né il profondo sguardo, e la storia del tuo dolore egli mai accoglierà come un dono, sempre in petto, quando non con aspra voce, ti rimprovererà d'aver gravato su l'anima sua con tutta te, ma ben chiede le tue pupille aperte su le mille pieghe che gli fanno in un sol giorno infinite maschere, su i modi innumerevoli del suo affanno, su quel sordido gorgo della vita fisica nel mezzo del fiume della sua spiritualità, su quella sua carne ch'egli detesta, sana o piagata e detestando ne aumenta l'acre dominio. Guarda, ammetti, cammina. Più tardi, questi anni ti parranno istanti. Pieni di significato. Ci fu un mattino di maggio, fervorose eran le vie della città, e due, andando senza toccarsi e fissando il suolo, si parlavano. Da quale delirante somma di parole non dette, e di parole vane od esitanti od oscure, giungeva quell'ora? Una campana suonava a distesa: "Chi vuole la verità non vuole la vita". Ma un dei due, la donna, vedeva più lungi. Magnifico il dettame virile, loico e stoico. O come dunque fervono tuttora intorno le vie terrestri? Negli occhi di Sibilla non può essere cinismo. Voler il miracolo, ecco la virtù perenne. Non morire, di là d'ogni conoscenza. Offrirsi, offrire la tentazione e il perdono, l'ombra che le belle sembra fanno allo spirito e volta a volta sparire, senza morire. Nessuno sospetta. Costei non stramazza mai. Un giovine una notte le riscalderà col fiato i poveri piedi agghiacciati, col fiato commisto al pianto, ed ella troverà compensato da quell'unico gesto di bontà il lungo incredibile tempo trascorso accanto al giovine stesso, da tutti ritenuto suo amante, che non l'ha mai posseduta, che un misterioso tremore ha arrestato nel desiderio, tremore, malore fosco, lungo incredibile tempo di tortura, piedi che han seguito l'infelice nel suo passo oscillante, in un ugual ritmo di violenza e di disperazione, sui lastrici dove sorgevano bieche ossessioni, attrazioni deformi, imagini di brancicamenti sessuali, curve linee oscene. Non fermarti a dire. C'erano anche allora nei vesperi tante ali a sollevare il cielo. Purezza, linee caste della fronte in questa donna, molto più tardi, da un altro con perdizione adorato e pianto, saranno considerate furentemente: "Aspetto vergineo, inganno, perché?". Maggior clemenza le verrà da sguardi di prostitute, in selve umane lontane, che saluteranno taciturni in lei il sorriso di mestizia e di grazia di sua madre giovine: dove sua madre non avrebbe mai osato penetrare: in selve ipnotiche; tra danze e sgargiar di lampade e di specchi, tra fumo e orli spumanti di tazze, la fisseranno occhi rossi di cocainomani: "Aspetto vergineo, di là di tanta stanchezza: forma d'alba, quale apparirà oltre i vetri fra poco: non le chiederemo che va cercando, come non lo chiederemo al chiarore rosato, tra poco". Il pullular della vita sarà ovunque un alfabeto segreto, dove persone e dove alberi, dove anche arena soltanto con traccia di onde. E i bimbi in braccio alla nutrice avranno sempre anche loro negli acini chiari tra le palpebre parole indecifrabili, mansuete e gravi come la luce stessa. Sibilla? Ella si sente senza nome né terra. Nessuno sospetta, ma tutti son turbati. L'uomo, gli uomini, vorrebbero da lei il disprezzo dopo che le han parlato, dopo ch'ella ha saputo ascoltarli. La sua compassione li esaspera, che li identifica e li amalgama, venuti così di lontano, l'asceta come il guerriero, il giocatore come il costruttore. Fuggono, quasi inseguendo frenetici il proprio individuo. A taluni avviene di rifugiarsi in un bordello. Quando ti si dice, donna, di superare la tua natura e tu brava rispondi sì, ti si chiede, tra infiniti assurdi, anche questo, ammirare come i maschi sensi abbiano ordinato tali disumanate case nel mondo. Tu repugni, creatura amante, senti come un male sacro in tutte le membra, vorresti essere una cosa da nulla, che ti si schiacciasse più presto, e il fiato della notte invece non cessa di premerti, grande. Esseri da nulla, passivi oggetti, sono pur stati tanti corpi più o meno simili al tuo, seni e fianchi, fra le mani stesse che ti tengono. Ti sembra avvenga una trasmissione mostruosa, nelle vene in febbre ti pesa tanto sangue non tuo. E ancora l'uomo vorrebbe che tu lo disprezzassi ma non che soffrissi. Egli ti giura che non ne è degno, e qui parla per tutta la specie, sommesso e torvo. Allora – anche il tuo spirito è fatto drammaticamente per contraddirsi – vedi riemergere i lineamenti particolari di colui che nell'istante t'ama: e la sua povera storia, e la povera storia del vostro amore: tutto ciò che in sua umiltà lo separerà pur sempre in te da ogni altro, il colore, il tono dell'essenza sua accanto a te o di te vivendo: quale lo scorgesti per sempre la prima volta, quale egli stesso si ignorava, nato per l'istante vostro...

Dicono i grandi viandanti di riconoscere paesi a guardarne il cielo.

E quando d'improvviso tu ritrovi per le strade della vita gli uomini che il tuo tragico istinto un tempo elesse, le rimembranze son solo d'alto, disegni di nubi o di cirri, velari turchini intensi o pallidi, che s'impressero nella tua retina come in nessun'altra – e questa è la tua gloria.

Donna di fede.

Più d'uno fu verso te – e verso sé? – spietato. Ti disse: "Va' con le tue gambe, cammina, tu sai andar sola, va'". Più d'uno che aveva avuto sorrisi incantati al tocco della tua voce, e la gioia era stata bella nei vostri sguardi, la sola cosa che ancor esistesse di là dal nodo unico di fuoco.
"Parti. Lavora."
Il viatico, sì. Quello che non si dà alle altre. Il saluto.
Vi fu chi ti coperse la fronte, su la fronte ti trasse le ciocche dei capelli, mormorando: "È troppo vasta".
Ma tu stessa un inverno in una città di nebbia nera – il freddo bussando metteva intorno ai tuoi occhi ombre mai ancor viste – non ti sgomentasti dinanzi allo specchio? La vita che non avevi temuto trasformava il tuo viso, ch'era stato di rosa, in pietra e vi lasciava da grande artefice un brivido d'eternità.
Gridasti verso chi peccava di paura. Col petto che ti doleva gridasti che non eri tu la tradita, ma che tradito era l'amore. Sapevi la silenziosa ed impotente realtà di chi fuggiva quel tuo aspetto di volontà e di luce e quel tuo insostenibile sguardo. L'uno tornava alle femmine che con rosse labbra dicono motti turpi

– non ti mostrò scritte le parole di una, e ti parse d'assistere costretta? e pure vi circondavano statue, crete abbozzate dal suo pollice, un'atmosfera di travaglio, l'ansia della materia volta a vita. – Un altro si richiudeva in un suo dileggio astioso.

Doni ch'io non ebbi, sagacia, astuzia, abilità! Virtù sottili che mi mancate! Talora giungo sino a desiderarvi, a scrutare se mai vi veda inerti nella mia sostanza, se mai con la forza stessa delle mie passioni che non voglion rassegnarsi io vi possa suscitare al loro soccorso, per la loro vittoria. Ingenuità suprema, o mia anima esule da non sai quali più ariosi lidi, anima che hai ali ma non armi, o destinata a librarsi sopra le tue sconfitte!

Nessuno ha mai sacrificato nulla per me.
Piccola che si chiamava Rina. Come se io avessi ancora il suo volto e il suo puro presentimento d'adolescente, libera è la mia vita dal peso d'un qualunque bene che sia costato ad altrui una rinuncia, vera o fallace. Né una sposa né un'adultera amante, né un vizio né una teoria. E nessuno s'è ucciso od ha ucciso per me, neanche se sentiva nel suo cuore che un delitto così compiuto sarebbe stato forse santificato.

Forse. A chi mi chiedeva, acre e misero, se dunque volevo il suo sangue, "forse" fu la risposta.
Selvaggia?
In un lucido rapimento vivo, come scrivo.
E se la tua tempra, uomo, è affine alla mia per gentilezza o per generosa follia, ma logora mentr'io sfido ogni usura, non vuoi che mi avventi feroce contro quella tua lamentosa parola? Tu ripeti: "Troppo tardi". Snodo le mie trecce e con esse sferzo la chimera perpetua.

Ti s'aprirono mai intere le vene, ti si rinnovarono veramente mai? Tu ti sei sfinito in esperienze mediocri, con spiccioli d'anime, rinunciando all'assoluto del fervore e della fede. Ti si uncinò nel petto un torbido peso, la condanna che subisci e vorresti farmi subire. Non t'attesto nulla, così stravolta e terribile? Vedo dèmoni, laddove dovrebbe agire Iddio: e mi ribello, oh lampeggiante disperazione! poi la mia voce ti grida: "Muoio per amore". Puoi negare tu ch'io agonizzi, anche se sai e livido dici ch'altre volte per altri già credetti morire? Altre volte, è vero, è vero. Come ora mi davo tutta, fino al respiro estremo. Forse per ciò solo ho potuto sempre rinascere. Offrivo alla creatura in olocausto il mio bramoso dolorante intelletto, offrivo il mio spasimo di creazione, questo che s'alza perennemente nuovo nel tempo come il salmo del credente.

Io servo la vita con la mia agonia più di te che sogguardi rabbrividendo.
Più cara d'ogni altra alla vita la parola che le solleva contro implacato l'amore.

Implacato se anche ogni volta io risorga.
Con le mani giunte, stesa a terra, sempre mi trova l'ora, imprevedibile improvvisa, che mi sento alleggerire di tutta la mia volontà e anche di tutta la mia speranza, l'ora che le mie labbra in un soffio pronunziano: "Così sia". Con le mani giunte, o forze segrete dell'universo, avendo fatto tutto quanto era in mio potere ed oltre.
Vengo soccorsa allora da cose che par rivaleggino con quel mio stato di lievità, con quel mio respiro che appena s'ode: dalle più tenui, petali, aromi, ombre di voli. Per mezzo talora di genti rozze ed ignare; che m'hanno porta una tazza infusa di fior di tiglio in un

villaggio della Provenza; una brocca d'acqua per tuffarvi il viso, nella quale macerarono la notte stellata di Pentecoste a Capo di Sorrento foglie di rose; un rametto di violacciocche in riva ad un lago lombardo; di gente che mi vede giungere romita e ripartire assorta, mi fa intorno per istinto il silenzio, ed il gesto delle rudi mani piegate a gentilezza opera inconsapevole il miracolo nell'istante esatto oltre il quale più non reggerei.

Riprendo stupita il mio passo, d'ogni mio tempo, rapido agile saldo. Qualcuno per via mi dice: "Cent'anni cent'anni di vita felice!". Perché questa mia grazia che si fa più e più sicura, questa trasparenza dell'anima appena io l'alzo sopra la crudezza della sorte? Un vecchio contadino m'ha fermata un giorno nel mezzo d'una strada alberata: "Non avete figli? Vuol dire che il seme era cattivo" e ha scosso il capo, grave, con rammarico religioso.
Sì, forse avrei potuto divenire la donna forte dell'antico testamento.
Invece cammino nel mondo cercando l'espressione d'un fantasma o ripetendo sommessa a me stessa il motivo felice di qualche mia pagina d'angoscia.
Se m'incontrassi, piangerei, forse.

Lontana è la pietra coperta di musco e di polline di pino, nella foresta dall'ombra bionda dove, stendendomi una volta, sentii comandare repentinamente da me a me: "Fermati, ferma un minuto, un minuto basta per attestar che hai vissuto". Lontani i tanti rifugi che mi cercai. Li credevo rifugi, isole, vigne del Signore in mezzo al mare, e la vita con me vi penetrava. Con me la mia necessità, con me la mia legge. Umili, come umiltà è negli orizzonti che sconfinano tacitamente, umili ma inalienabili. Vi penetravano idee ed imaginazioni, e realtà da ingrandire o da scrollare. Ovunque era un poco d'argilla per le mie prensili dita. E ogni spazio si riempiva del mio ansito. "Tutta l'aria intorno a noi – mi si disse – la respira la tua bocca." Provavano a crearsi, certo si creavano, in quelle volontarie distanze da ogni popolata spiaggia, cerchi d'intendimento, gorghi d'armonia. Ma l'animazione della mia volontà non bastava a perpetuarli. Lontani sono quei luoghi che a chi mi mirava parvero fuor del mondo, folti di lumi sotto larghi di stelle...

Deserte roseoazzurre le sere scendono su la mia libertà.
Passano vele, allegorie, passano canzoni. Le rupi dentate lambono il cielo e lo fanno più chiaro.

"Sera, sera dolce e mia!"
Quegli che lontano sospirò di me così dopo avermi respinta, stava dinanzi al suo mare come uno squallido verso dell'Ecclesiaste, stava con occhi che or non vedono più, i più febbrili e cupi che m'abbiano fissata, occhi per il getto totale della vita mia...
Per lui, che il giorno primo che ci parlammo m'afferrò, mi singhiozzò l'anima sua, si torse sotto il cielo come una fiamma supplicandomi di strapparlo alla donna che da tanto l'inviliva, io diedi ben addio a qualcosa che sarebbe stata quasi la felicità, la ridiedi a Dio. Un fanciullo m'amava, migrante arcangelo, in vertigine di luce spada bella, e lo vidi colpito piegarsi, accettar la sorte, accettar di sparire. Per l'uomo malato e legato, per l'incanto di quel suo sguardo avido d'illudersi, d'affiorare a rive verdi, nulla con più tremanti adoranti mani potevo svellere ad olocausto, nulla di più mio e puro. I baci del fanciullo avevano inseguito bri-

vidi: vento, sole, notturni silenzi: avevan fatto convergere gioia e canto nel mio petto. Intorno erano mirti fra dure lave. Pronta scontai la superbia di tanta rinuncia. Un'unica ora il mondo parve trasfigurarsi per la tetra anima virile, poi che gli dissi ch'ero sua: sconfinati al pensiero s'apersero i mari e dorati; fummo una sola certezza, una sola prodigiosa attesa. E qualcuno bussò. (Ecco, mentre rievoco guardo sur un'acqua ferma lo svolìo d'uno stormo di rondini, è perlaceo, ma mutando d'un colpo la rotta si confonde con la ferrigna superficie.) Qualcuno nella notte rivoleva il proprio bottino. Nella perduta stanza di locanda dove fui lasciata sola, convulse grida giunsero di creatura, di donna: sorella mia? A grado a grado s'acquietarono.

Le sere scendono su la mia libertà.

Io violava con il mio amore il dolore dell'uomo. Io aggiungeva al suo dio il mio.

Quando, attraverso gli evi, l'uomo ha detto d'agognare all'eterno femminino, autoinganno è stato. Il maggiore ed il più bello di quanti gli si sian formati nella coscienza. Che può far egli d'una integrante forza creativa, egli già così gravato e tormentato? *Noli me tangere*. Un solo si volse realmente per ascoltare e per conoscere, e Diotima gli rispose. Era giovine allora Socrate? V'ha un punto, il momento della esistenza intatta, che unico rende il maschio capace d'accogliermi come spirito. L'iniziato adora tutta la sofferenza che m'ha fatta ricca, può adorarla così tessuta nella dolcezza della mia carne e nella dignità della mia mente, io gli esalto la pienezza della vita, la sapienza ultima della vita ed egli sente che m'appartengo, il mio dono e il suo forse ci trascendono...

Spazi ineffabili!

Addietro restano tutte le cose che si riprodurranno, le dure cose, le appassionate, le urlanti.

Tornerò ad esse, irresistibilmente tornerò, e ad esse moverà incontro con dolente fierezza il vergine fino a ieri, dalla voce di cristallo, che non mi tratterrà.

Disgiunti, spiriti reduci per sempre entrambi.

Più che mai i tristi uomini compiuti diranno alla mia apparizione: "Troppo tardi". Diranno: "T'abbiamo troppo attesa. Or ci vendicheremmo su te per tutto ciò che non ricevemmo dalle altre". Anche soggiungeranno, come stanca elemosina: "Dovevi nascer maschio, saresti stata o un santo o un castigo d'Iddio...".

Ed ecco dorsi di monti brulli, ampie linee semplici, valichi e valichi, stagioni che indugiano e stagioni precoci. Ecco pianeggianti giardini, fontane, magnolie in fiore, e anche grigi sogni di pietra, castelli grigi tra rami spogli stillanti di pioggia contro il sole come portentose ragnatele. Ecco fiumi su cui navigano insensibilmente grandi ninfee di ghiaccio. E strade, strade, strade.

Fatica e tedio nelle rughe del mondo, e immensa grottesca stoltizia.

Poter sanarle, suscitarvi espressioni gagliarde, generosità e pensiero!

È tale l'impetuosa fantasia ch'io sospetto quasi sian suoi frutti quei beni che vedo di quando in quando alzarsi come vapori o stendersi come campi di lino azzurro, suoi frutti, invenzioni del desiderio, quegli atti e quegli affetti che inattesi e delicati mi si palesano, sorridenti di fresca arguzia o soffusi d'alta intuizione, amicizie, austere fraternità, rapporti pieni di timidezza e d'abbandono e altri in cui son regina, in cui impongo sensi di grandezza, oh semplicemente perché sono umana, e raccolgo meraviglie di devozione, pianti d'anime veraci, baci sulla mia mano taciti veloci, parole brevi di accordo, beni, beni.

Come fossero discesi dal genio, dall'antico coro tragico o da un canto leopardiano. Come fossero dolci arcate di chiostri tra i massicci delle città. Quella marea urbana che talora mi parve affiorare colla mia spoglia sola e col vaneggiante mio ansito di morte si dissolve. L'onda è in me, nella sensibilità che tutto attinge, ch'io quasi una millenaria ho affinata per ogni verità della creazione, per i doni come per le offese, Signore.

"Signore, fammi diventare grande e brava" pregavo da bimba.

Vengono i profondi compensi, le stellate ghirlande, a me fuggitiva, a me per le selvagge vie.

In primeve forme, nitide, per me sola suscitate.

Gioie per sempre.

Vengono come le rinascenze dopo i più sparuti e bruti cicli.

Assolta, riconsacrata, la semplicità eroica dell'essere femineo, senza nome né età, va libera ardita ridente.

Squillanti incontri di bei volti maschi, ferma bellezza di fisionomie impreviste, sussulto segreto all'istantaneo avvertimento del desiderio virile, sussulto così simile al brivido mortale della voluttà, istinto di fuga, ansito d'esser rincorsa, stupita violenza di magìa, uomo e donna, piante di foresta a un sol vento sorprese e squassate.

Torsi d'atleti armoniosi, vive forme sante come immortali bronzi.

Intende taluno che accarezzo – per un'ora, per mille, per un innumerato tempo quale nei sogni – intende ch'io reco in quell'atto lo stesso illuminato cuore delle mie più solitarie contemplazioni? Vi sono spiagge dove nessuno prima di me s'è soffermato ad alzare un suo inno: e c'è questo corpo perfetto d'Adamo il cui valore me soltanto veramente conquide, con la sua sicura rispondenza all'anima che vi abita, nell'opera nel sonno nell'attesa, questo ricco corpo così forte così fervido così caldo, fascio d'erba odorosa, architettura di nobiltà essenziale, Adamo, Adamo, bacio solare.

Tutta io mi sento fiore immersa nella lussuriante natura. Per un'ora, per mille, in un innumerato tempo...

Potenza divina di gaudio sotto il cielo, divino splendore dei motivi di gaudio!

Portentosa bilancia se la memoria è onesta!

Ch'io superbamente lo affermi.

Per tutte le cose orrende che ho veduto e saputo, io che ho pagato per tante donne, io su cui l'uomo s'è vendicato di tante. Per le lividure finanche che il mentecatto lasciò su le mie membra bianche, ch'io guardava bruciante attonita, ed egli sghignazzava stridulo sinistro ed aggiungeva vituperi e sputi. Per le rose che furono calpestate presso l'orlo della mia veste. Io ch'ero la vita e che ho veduto dove l'uomo giunga quando odia la vita.

Portentosa bilancia se la memoria è onesta!

Uscii un giorno da una carcere, dove tra le sbarre un viso sciagurato m'invocava, sovrano viso che mi chiedeva perdono, caro ahi caro viso ritrovato e per sempre riperduto. Più tremenda la mia solitudine mi parve di quella stessa prigione dove si gemeva e dove almeno qualche carceriere assisteva. L'aria lucida, il bel settembre, la gloria candida d'una montagna all'orizzonte, ed io sullo spiazzo, tra il frusciare dei platani, al limitare della cittaduzza ignota, io con nessuno, libera di morire, libera di vivere, nel vento, il vento buono su le ciglia ancora umide. Era l'acquisto di tutta la mia esistenza o il sigillo improvviso? Non in mio potere il rifiutarlo. Dall'invisibile, in un tempo remoto, m'aveva ben detto una voce: "Ricordati d'aver ascoltato la tua legge". Sì. Tremenda intorno al capo la vastità ariosa popolata di parole ch'io sola sento. Pure, così sbalzata fuori d'ogni strada dopo tanta strada percorsa, sbalzata dall'umanità se umanità è legame e soccorso tangibile, il mio sconfinamento ebbe lo sfolgorante aspetto della pace. Ho visto una sola volta, nella piega profonda attorno alla bocca d'una grande morta, qualcosa d'altrettanto ricco e strano. La montagna all'orizzonte fu inondata di rosa, poi ch'era il tramonto; sospeso il vento, il giorno senza avvenire oscillò, solo, per non so quale lunga ora ancora. Alle mie spalle stava la mole della fortezza, il segno di quanto si tenta quaggiù in malvagità e mai realmente si compie. Il fratello condannato si raccoglieva certo in un'irreale soavità, come ancora baciandomi le mani traverso le sbarre. La notte sarebbe scesa su lui racconsolato, s'anche fosse l'ultima della sua espiazione. Ed io seppi quel che non sa il suicida. Il queto annegare delle stelle nelle notti estive può solo darne imagine. Rigano il firmamento, s'avventa dalla terra sulla loro molle scìa il desiderio d'infinite costellazioni di occhi, il desiderio, il voto... Nulla di più vivente.

La poesia

Cielo nella prima ora del giorno e nella prima ora della sera uguale, candore lucente in cui m'incido e a cui m'affido, perlacea lievità intorno alla mia fronte.
È sera o alba?
In questa trasparenza, in questa incandescenza di cielo, la mia forma di donna ha un trasalimento, oh che non turba la soave immobilità dell'ora...
Un prodigio si è compiuto nel lungo spazio che forse fu notte e forse meriggio.
Compiuto insensibilmente, quand'io stavo in passione e in meditazione, animata natura, e di contro a me lo spirito maschio agiva, fondatore e distruttore, m'offriva armi, leale, perché lo combattessi, e le confessioni s'incrociavano, ci laceravano.
Mormoravo nelle tregue:
"Se v'assomiglio, fratelli, soffro!".
"Se v'assomiglio, voi non m'amate!"
"Se v'assomiglio, a che son nata?"
Caratteri d'eternità erano nella vicenda.
Peritura la mia forza, gli occhi avrebbero potuto appannarsi, qualche morbo penetrarmi; ma no, io non ero Filottete – e mai dunque sarebbe paga la nascosta giustizia, quella che mi generò in sogno?
Conche sonore di venti fremevano, alte conche d'allegrezza o d'angoscia.

Mi aggiungevo con le mie parole immolatrici alle cose della terra, alle opere, alla storia del dolore e dell'amore. Quella imagine ch'io creavo pareva via via cancellarmi dalla vita.

Lungo, ah lungo passaggio dalla larva al mito!

E la realtà del mio essere, e la libertà creduta e perseguita, e questa mia turgida età?

Trasalgono le fibre materne.

Chiaro è il mondo, con volto riconoscente. Imprevedibile un segno si palesa, un timbro, una movenza, un irriproducibile accento.

Io!

Mentre rispondevo alla temeraria attesa del silenzio, e credevo tutta così consumare nel sacrilego racconto, prodigiosamente accanto alle parole violatrici, altre, fruscianti, si modulavano in me, trepidando s'elevavano, brevi, danzanti, quasi figlie d'una mia scarca anima...

Danzando mi scoprivano esse la grazia di ciò che m'è più alieno o feroce, e il valore dell'attimo più lieve e più nudo, e la santità degli incolmabili abissi.

Danzando gettavano ponti, oh sguardi di lontano, oh bracieri di rose in cielo!

Ritmo,

ritrovata adolescenza,
gioia del colore,
occhi verdi di sole sul greto,
scheggiato turchese immenso dell'onde,
biondezza di cirri e di rupi,
rosea gioia di tetti,
colore, ritmo,
come una bianconera rondine
l'anima ti solca.

Rorida potenza sorta in me, per sovrapporsi a me, per sopravvivermi!

Occhi stellati aperti su la divinità candida dell'aria!

Poesia, più cara d'ogni benedetta lagrima se anche in tuo prisma appaia il mio andare rasente la morte!

Cosa di perla anche la morte, compenetrata di luce.

Con sommesso respiro mi riavvicino a tutto che in purità tace, mi riconfondo con l'arcano sorriso della bontà.

Isola di Corsica, 1912
Isola di Capri, 1918

Postfazione
di Bruna Conti

"Nel corso di quell'interminabile amore che fu la sua esistenza Sibilla Aleramo [Rina Faccio] finì col costruire di sé un personaggio che offuscò a volte nei lettori e nei critici l'immagine della scrittrice; restò così, e a parer nostro resta ancora, parzialmente sottovalutata quest'ultima [...]. È tempo di fare giustizia alla scrittrice"[1] afferma Maria Corti, parlando di Sibilla Aleramo nella prefazione al primo romanzo, *Una donna*, edito nel 1906, il solo ancor oggi, per il quale quasi sempre la si ricorda. La sua produzione seguente, sia in prosa che in versi, ebbe infatti molta minore fortuna.

L'interesse che si è riacceso in questi ultimi anni intorno alla scrittrice spiega la decisione di ristampare il suo secondo romanzo, *Il passaggio*. Vale la pena aggiungere – se è concesso indulgere a un omaggio un poco più dappresso e non formale – che la scelta di quest'opera in particolare, valida nell'ottica di una riscoperta di Sibilla Aleramo al di là del personaggio per le ragioni che tenteremo di spiegare, sarebbe stata condivisa dalla scrittrice che guardò a quest'opera come una madre guarda a un figlio sfortu-

---

[1] Cfr. la prefazione di M. Corti in S. Aleramo, *Una donna*, Feltrinelli, Milano 1982, pp. VII-VIII.

nato, convinta che il libro non sarebbe mai stato capito e amato.

Oltre "Una donna". Iniziato in Corsica nel 1912 – a distanza notevole dal primo romanzo – *Il passaggio* venne terminato nel settembre 1918, dopo una stesura assai tormentata, e stampato, presso l'editore Treves, nella primavera del 1919.

"Tutto sarà trasformato in qualcosa di ricco e di strano", introduce l'epigrafe shakespeariana: la frase suggella la volontà di trasformare liricamente le vicende della propria vita – "un'Apocalissi dell'amore", come definì il libro Clemente Rebora.[2]

Sibilla non si preoccupò affatto di toccare nel nuovo romanzo fatti e persone che avevano già segnato le vicende di *Una donna*. Il primo libro narra la sua storia dalla nascita all'abbandono della casa coniugale, avvenuto nel 1902; quindi tutta l'infanzia, la sua formazione culturale della quale fu unico artefice il padre, la pazzia della madre, il lavoro – come contabile – nella vetreria paterna, il dissidio dei genitori, il tentativo di suicidio, la violenza carnale subita a quindici anni, il successivo matrimonio, la nascita del figlio.

Molta parte di questa storia la si ritrova ne *Il passaggio*, ma il racconto non si preoccupa più di testimoniare le proprie vicende personali col lucido intento di farle diventare un grido di rivolta sociale indirizzato alle donne e all'umanità; vuole invece sviscerare stati d'animo e sentimenti, e confessare vicende interiori: il rapporto di Sibilla con la vita e con il suo credo più vivace, l'amore.

---

[2] Cfr. C. Rebora, *Un nuovo romanzo di Sibilla Aleramo: "Il passaggio"*, in "L'Illustrazione Italiana", 11 maggio 1919. Per le lettere di Rebora all'Aleramo cfr. C. Rebora, *Per veemente amore lucente*, a cura di A. Folli, Libri Scheiwiller, Milano 1986.

Una donna era nato, molto tempo prima, da un impellente comando a indicare una strada e il libro era stato infatti recepito come "messaggio".

I contrasti, le polemiche che lo accolsero ne evidenziarono, nella maggioranza dei casi, la tensione a voler annunciare una moralità nuova.

Il passaggio, anche lì dove ripete le vicende di *Una donna*, è invece una nuova esperienza di racconto di sé, nella quale è centrale il rapporto di Sibilla con la sua categoria esistenziale: l'amore. Più d'uno che la conobbe è costretto, parlando di lei, a riferire la centralità dell'amore nella sua vita, quasi una chiave interpretativa: "lei parlava soltanto dell'amore"[3] dice Primo Conti; "voleva dimostrare questa esigenza in tutti i sensi: *Amo dunque sono*" afferma Davide Lajolo, parafrasando il titolo di un altro romanzo di Sibilla.[4] Il mutamento dell'intento nello scrivere e anche il tentativo di un nuovo stile letterario sono rivendicati dall'Aleramo come ricerca di "scrittura al femminile", nel momento in cui – finita la sua diretta militanza nelle fila del movimento di emancipazione – si ingigantiva in lei l'esigenza di una rivendicazione come donna-letterata che cerca il suo spazio nella cultura con le sue proprie caratteristiche espressive.

"Io sono nata a mezz'agosto in Piemonte. Ma forse in cielo in quel primo mattino stavano sospese grandi fantasime bianche."[5] E ancora "Bacio da cui

---

[3] Cfr. P. Conti, *La gola del merlo*, memorie provocate da Gabriel Cacho Millet, Sansoni, Firenze 1983, p. 317.

[4] Per l'affermazione cfr. D. Lajolo, *Quella splendida Sibilla fatta d'amore e di poesia*, in "Corriere della Sera", 5 aprile 1982. Il romanzo *Amo dunque sono*, stampato nel 1927, presso Mondadori, narra l'amore per Giulio Parise. Venne ristampato presso la stessa casa editrice, nel 1982, con l'introduzione di G. Finzi ed è stato riedito da Feltrinelli nel 1998.

[5] Da qui in poi, quando non si indica la fonte dei frammenti citati si tratta de *Il passaggio*.

son nata, eri un canto ch'esprimevano per me due innamorati, eri canto pieno [...] io la primogenita, frutto di gioia, fusione di due fiamme"; nascono pagine nelle quali la prosa, con il suo canto, potrebbe essere verso.

Ne *Il passaggio* "corresse" le stesse vicende narrate in *Una donna*: "una cosa fu taciuta, allora e più tardi nel mio libro. Non era per amore d'un altr'uomo ch'io mi liberavo: ma io amavo un altr'uomo...". Il primo romanzo taceva che, nel momento in cui Sibilla Aleramo abbandonava il marito, era innamorata del poeta Felice Guglielmo Damiani che ne *Il passaggio* mantiene il suo nome.[6]

La decisione al silenzio – "il solo forse concreto peccato della mia vita..." – era stata meditata da Sibilla insieme a Giovanni Cena che le era compagno negli anni della stesura di quel primo romanzo, per ragioni non solo legate a opportunità editoriali; ne *Il passaggio* Sibilla ne rievoca i motivi più profondi: "Andrea [Cena] m'indusse e non m'opposi. Asportò egli dal mio libro le pagine dove io diceva il mio amore per Felice. Ed io lasciai amputare così quello che voleva, che gridava essere opera di verità [...]. Uncinò i margini con parole sue. Dov'era la piccola gagliarda che si chimava Rina, che da sola dopo tanta tribolata umiliazione aveva un giorno intrepidamente agito e s'era assolta? Ribattezzata, ripiantata. L'uomo ha un così ingenuo istinto di coltivatore!".

Cena, chiamato appunto nel romanzo Andrea, per il quale era finito l'amore per Felice, preferì far tacere l'episodio, per non offuscare l'immagine di colei che egli considerò sua esclusiva creazione, la sua donna,

---

[6] F.G. Damiani, scrittore, nato a Morbegno nel 1875, morì poco dopo le vicende narrate ne *Il passaggio*, nel 1904.

con la quale egli si presentava al mondo nell'aureola dell'idealità della coppia del futuro.

Sette anni – e da questo punto l'autobiografia ne *Il passaggio* segue vicende mai narrate – era durata la loro convivenza in un vincolo quasi matrimoniale, espansa e alimentata dal comune ideale socialista (in questo Cena e il suo ambiente furono determinanti per l'Aleramo) fra mille impegni umanitari. Quasi tutto il capitolo intitolato *Le carovane* dice di quest'impegno di Sibilla, arruolata fra coloro che "fidano in un ordinato avvenire sociale": le scuole per analfabeti fra i "guitti" dell'Agro Romano; i soccorsi portati in Calabria e Sicilia nel 1908, all'indomani del terremoto, e il lavoro volontario in un ambulatorio romano per bambini poveri.

La fine, solo nei fatti repentina, maturò lentamente in Sibilla, quando via via si rese conto dell'esclusività di questo legame. L'occasione nacque dall'incontro con la "fanciulla maschia", come viene chiamata ne *Il passaggio* Lina Poletti[7] nel capitolo significativamente intitolato *La favola*. "La favola era bionda. [...] Cantava. Due punti d'oro negli occhi, una piega violenta e luminosa nei capelli. [...] ella supponeva a se stessa un maschio cuore; e foggiata s'era veramente a strana ambiguità, sul nativo indizio forse del timbro della voce, forse della tagliente sagoma. S'era foggiata ed agiva. [...] 'Tu non sai.' 'Non sai quanto il tuo amore sia diverso, per quanto tu faccia, dall'amore che gli uomini possono darmi. Come è leggera la tua carezza! Non mi penetri ma mi accosti – come niuno mai'

---

[7] Poche le notizie su Lina Poletti. Femminista di Ravenna, entrata in contatto con Cena e Sibilla per le scuole dell'Agro Romano, divenne poi l'amante della Duse, per la quale scrisse un'opera teatrale, *Arianna*. Cfr. S. Aleramo, *Lettere a Lina*, a cura di A. Cenni, Savelli, Roma 1982.

[...]. Imparai, amore, che il tuo mistero non è nella legge che perpetua le speci."

Dopo poco più d'un anno – siamo nel 1910 – la crisi: "Divenimmo tre cose sciagurate, io e la 'fanciulla maschia' e l'uomo che per anni e anni m'aveva dato la dolcezza di farlo beato". Sibilla uscì contemporaneamente dalla vita di Lina e da quella di Cena.

Il racconto si snoda per seguire la traccia di inseguire la vita. L'autrice parla a se stessa ora con voce imperiosa, ora con voce dolente, a volte in prima a volte in terza persona: spesso narra usando il discorso diretto, spesso no, così come lampi e rievocazioni si affacciano senza filo cronologico, come uno srotolarsi di memorie.

Per raggiungere l'anno in cui Sibilla inizia a scrivere il libro, il 1912, restano da riferire altre due vicende amorose: la convivenza con Vincenzo Cardarelli e l'amore per Giovanni Papini.[8] Le pagine che riguardano il primo saranno quelle che procureranno i maggiori guai all'Aleramo. "Nessuno sospetta. Costei non stramazza mai. Un giovine una notte le riscalderà col fiato i poveri piedi agghiacciati, col fiato commisto al pianto, ed ella troverà compensato da quell'unico gesto di bontà il lungo incredibile tempo trascorso accanto al giovine stesso, da tutti ritenuto suo amante che non l'ha mai posseduta, che un misterioso tremore ha arrestato nel desiderio."

Cardarelli, riconoscendosi nel brano, le toglierà l'amicizia e porterà avanti un'opera denigratoria rivolta non solo alla persona, ma anche alla produzione letteraria dell'Aleramo.

---

[8] Sibilla abbandonò Cardarelli dopo circa un anno di convivenza. Interessante è il carteggio che venne pubblicato, presso Newton Compton, nel 1974, con il titolo: *Lettere d'amore a Sibilla Aleramo*. Per le vicende legate a G. Papini cfr. *Sibilla Aleramo e il suo tempo*, a cura di B. Conti e A. Morino, Feltrinelli, Milano 1981, pp. 66-81.

Doloroso sarà l'amore per Papini, anche se Sibilla gli andrà incontro come "speranza di miracolo". Era lui che ella salutava sul molo di Livorno, dalla nave diretta in Corsica, senza sapere che di lì a poche settimane egli l'avrebbe abbandonata. Nel romanzo è chiamato Arno: "Grandi occhi verdi come l'Arno che gli ha dato il nome".

Nel proseguire la lettura che scioglie vicende contemporanee alla stesura del libro e cioè gli incontri con Michele Cascella, Raffaello Franchi, Umberto Boccioni, Fernando Agnoletti, Giovanni Boine e Dino Campana, non dovremo far altro che lasciarci coinvolgere in un "Andando e stando, amore".[9]

"Un fanciullo m'amava, migrante arcangelo, in vertigine di luce spada bella, e lo vidi colpito piegarsi, accettare la sorte, accettar di sparire." Era Cascella adolescente il fanciullo che veniva abbandonato all'improvviso per Giovanni Boine. Di quest'ultimo conosceremo allora la malattia, la vita grama che conduceva, la donna che viveva con lui e, trasfigurata, la scenata che quest'ultima fece ai due, in un albergo genovese, dove li aveva seguiti. "Qualcuno nella notte rivoleva il proprio bottino. Nella perduta stanza di locanda dove fu lasciata sola, convulse grida giunsero di creatura, di donna: sorella mia? A grado a grado s'acquietarono. Le sere scendono sulla mia libertà."

Quello per Umberto Boccioni, "Gioia dagli occhi che ridi", fu un amore non ricambiato e fra i più tempestosi di Sibilla. A nulla valsero le assicurazioni di

---

[9] Per i primi tre cfr. *Sibilla Aleramo e il suo tempo*, rispettivamente alle pp. 113 e 88. Per Boine si segnalano le lettere in G. Boine, *Carteggio*, vol. IV, a cura di M. Marchiane e S.E. Scalia, Edizioni Storia e Letteratura, Roma 1979. Il carteggio Aleramo-Campana, curato nel 1958 da Niccolò Gallo, è stato ristampato da Editori Riuniti nel 1987 a cura di B. Conti, col titolo *Quel viaggio chiamato amore*.

Boccioni di essere tutto preso dalle sue ricerche pittoriche né l'affermazione lapidaria di non aver quasi mai dormito una notte intera con una donna.

Per dimenticare il pittore non valse neppure il viaggio a Parigi nel 1913, caldeggiato dallo stesso Boccioni, né il galante e affettuoso interesse che in molti le dimostrarono.

Lo spettro infantile della pazzia, vissuto nella madre e rivissuto da Sibilla nell'incontro col poeta Dino Campana, riempie le ultime pagine del capitolo *Le notti*. L'amore, questa volta ricambiato, conosce angosciosi vagabondaggi, abbandoni, maltrattamenti anche fisici, fino all'internamento di Campana nel manicomio di Castel Pulci, nel 1918.

Quando l'autobiografia non basta. L'aver parlato, sia pure fuggevolmente, degli incontri e degli avvenimenti raccontati in questo libro, l'aver dato un nome ai personaggi-persone che vi si muovono renderà più chiara la lettura, anche se *Il passaggio* andrebbe letto al di là delle vicende che ne delineano in modo nascosto la trama.

Nonostante il suo sottotitolo di "romanzo", un romanzo non è, e ciò a dispetto di una fedelissima autobiografia. Non si può non notare l'intenzionalità di non mettere mai a fuoco fatti e persone.

Il passaggio è una rievocazione lirica nella quale si frantuma l'elemento narrativo, per permettere al documento di diventare canto, prosa poetica, non aliena dal frammentismo vociano che è evidente sia nella scelta autobiografica sia nell'atteggiamento fortemente etico che lo detta sia nello stile che cerca la musicalità della parola e l'indagine struggente dell'intimo.

Le vicende non vengono stravolte – anzi continuamente ne viene rivendicata l'autenticità e affermata la verità – ma si dilatano, grazie alla tensione lirica che Sibilla estorce a esse.

Sibilla aveva vissuto l'ambiente de "La Voce" molto da vicino, al tempo del suo trasferimento a Firenze con Vincenzo Cardarelli, nell'autunno del 1911. Alla vecchia amicizia con Salvemini che risaliva all'epoca dell'impegno sociale si erano aggiunte quelle degli Amendola, dei Cecchi, dei Prezzolini, di Jahier, di Slataper, di Agnoletti e di Papini.

Non è possibile trascurare anche l'influenza del clima dannunziano, accanto a quello vociano, in tutti quei motivi decadenti di autocelebrazione e di ricerca di elementi di sensualità, almeno tanto quanto l'esibizione di sé aspirava al mito della superdonna di diretta influenza nietzscheana.

Fra le influenze più occasionali, ma non per questo meno importanti, quella di Walt Whitman. Il nome del poeta americano compare con insistenza fin dalle prime lettere nel carteggio con Dino Campana: "Ho amato Whitman come pochi altri...", dice Sibilla. Questa antica passione compare nell'atmosfera del romanzo ed è del resto plausibile per due poeti per i quali l'arte è una sola cosa rispetto alla vita: *I celebrate myself, and sing myself / And what I assume you shall assume, / For every atom belonging to me as good belongs to you.*[10] E Sibilla conferma: "Affermo me a me stessa: null'altro, null'altro! Oh, ma affermo tutto ciò di cui mi compongo, tutto che mi sta attorno e che io assorbo! Nulla va perduto. E quando anelo ad essere amata è ancora il mio amore per tutte le cose che chiede di venir riconosciuto, è il mondo che vuol essere abbracciato e cantato".

---

[10] Cfr. W. Whitman, *Foglie d'erba*, a cura di E. Giachino, Mondadori, Milano 1971, da *Il canto di me stesso*, p. 61. L'Aleramo aveva recensito Whitman su "Nuova Antologia" già nel gennaio 1906.

Il passaggio è infine anche il tentativo di accostare l'autobiografia come strumento di indagine della sua realtà di essere umano al femminile, una sorta di indagine introspettiva data alle stampe che imponeva, o almeno presupponeva, la volontà di ricercare un linguaggio nuovo come scrittrice.

In *Andando e stando* che raccoglie una scelta dell'attività giornalistica dell'Aleramo, dal 1911 al 1919, Sibilla esprime "convincimento della inesistenza della donna in arte finché ella non abbia preso possesso di sé medesima, non abbia espresso il proprio valore spirituale indipendentemente da ogni suggestione dello spirito maschile".[11]

Questo intento col quale l'Aleramo prese a scrivere il suo secondo romanzo diventerà la tensione sottesa – con risultati più o meno felici – a tutta la sua produzione letteraria. La ricerca di una espressività nuova si farà forte di una scelta esistenziale che non verrà mai più abbandonata: la coincidenza della vita con l'arte, che si fonderà su una sincerità spregiudicata, per giungere a toccare punte di ostentato narcisismo. Precedenza della vita sull'arte e in particolare dell'amore sull'arte. Sibilla diventerà il personaggio senza veli nel quale gli altri – lettori, critici, amici – pietosamente o impietosamente la leggeranno.

La forma autobiografica – costante nella produzione di questa scrittrice – era talmente radicata e vitale da spingerla a rafforzare la veridicità di quel che andava narrando attraverso l'uso di lettere, scritte o ricevute, a volte parafrasate nei romanzi e nelle poesie, molto spesso trascritte fedelmente – documenti,

---

[11] *Andando e stando* venne pubblicato presso Bemporad, nel 1922. Nella ristampa del 1997, edita da Feltrinelli, curata e ampliata da Rita Guerricchio, cfr. a p. 83.

senza filtro, che rappresentavano il raccordo tangibile fra arte e vita.

Quest'abitudine inizia ne *Il passaggio* e diventerà poi sempre più frequente e ostentata: penso ad *Amo dunque sono*, il romanzo del '27, tutto costruito attraverso le lettere spedite a un suo amante, e ancora all'inserimento continuo di corrispondenza, antichissima e recente, in quel diario che seguì Sibilla dal 1940 al 1960, anno della sua morte.

La lettera scritta o ricevuta è utilizzata come frammento di vita – propria o di altri – alla quale nulla si può togliere e nulla si può aggiungere, dunque con la funzione di vero e proprio documento. Si potrebbe obiettare, almeno per le lettere di Sibilla, che esse rappresentano un'operazione letteraria nel momento stesso in cui erano state scritte: lo confermano alcuni carteggi, pubblicati postumi, dunque, almeno in apparenza, non finalizzati alla pubblicazione.

Da Il passaggio	*Dalle lettere*
...Finito il tempo di confessarti. Devi ascoltare le confessioni altrui, e senza stramazzare...	È finito il tempo di confessarmi sulle carte. Dovrei narrare le confessioni che un altro fa a me, narrare com'io le ascolti e non stramazzi a terra... [lettera a Cardarelli del 2-1-1912].
...Tutta l'aria intorno a noi – mi si disse – la respira la tua bocca...	...Tutta l'aria intorno a noi la respira la tua bocca... [lettera di Papini del 29-5-1912].
...per le rose che furono calpestate presso l'orlo della mia veste. Io ch'ero la vita e che ho veduto dove l'uomo giunge quando odia la vita...	...Le abbiamo sfiorite sotto il sole tra i rovi / le rose che non erano le nostre rose / le mie rose, le sue rose... [dalla poesia di Campana *In un momento*].

...Arno dagli occhi verdi come il fiume che gli ha dato il nome...

...Guardo il nostro Arno che è tornato verde ancora una volta... [lettera di Papini del 10-6-1912].

...Affermo me a me stessa: null'altro...

...E io che ti scrivo in questo momento, che cosa faccio? Affermo me a me stessa, lo sai bene!... [lettera a Boccioni s.d.].

Risultato di una lunga introspezione, di una intermittenza di memoria remota o presente, di rifiuti e adesioni alla vita, *Il passaggio* si avvale di filtri non appariscenti, ma molto raffinati. Il libro cerca l'affermazione dell'individualità del singolo, come soggetto-autore, per raggiungere la tanto invocata "fiction" necessaria all'artista.

La libertà con la quale questa ricerca si realizza è manifesta anche nella disinvoltura con cui la scrittura ufficiale si avvale di quella privata, che, a sua volta, sembra pronta per la stampa. Straordinario esempio del primo caso sono i *Diari* e del secondo l'umanissimo, poetico, sconvolgente carteggio con Dino Campana. *Il passaggio* è un esempio dunque di romanzo-verità, nel senso che presuppone dati biografici e storici, quale noi l'intendiamo in modo affatto recente, che anticipa alla corrispondenza quel valore culturale, e quindi di interesse pubblico e letterario, oggi universalmente riconosciuto.

La critica italiana: lungimiranza o incomprensione.
Il libro in Italia venne accolto male. La ragione di questo insuccesso più facile da intuire è legata alla grande differenza di questo libro rispetto a *Una donna*: chi aveva letto quel romanzo non era preparato a incontrarne uno così diverso. Oltre a ciò *Una donna* spriz-

zava giustizia da tutti i pori: i suoi lettori si erano facilmente divisi in due schieramenti, l'uno progressista l'altro conservatore. Ma già sul giudizio intorno all'abbandono del figlio, il fronte del primo schieramento si era spaccato e aveva dato luogo ad accese polemiche, anche in seno a certa mentalità "avanzata".

Il passaggio ha il torto di voler continuare la confessione dell'eroina di *Una donna*: "E veniamo a sapere che se non è fuggita per un uomo, ne amava però uno. Bene. Mettiamo che il primo non era l'amore vero, che le convenzioni sociali l'avevano avvinta a lui; questo secondo se lo sceglie proprio lei e il loro è un libero amore; ciò che non le impedisce di abbandonarlo per un altro, per tanti altri, fin per una donna, che ci presenta come la 'favola bionda...' ".[12]

Margherita Sarfatti parla di "indistinta aspirazione ad incarnare l'individualismo parossistico e libertario di certi personaggi ibseniani" già presente in *Una donna* che ne *Il passaggio* sono aggravati dai "lenocini di un verbalismo vago e da una esaltazione lirica a freddo, fatta di imprecisioni, giuochi di frase e adombramenti poetici senza sostanza di poesia".[13]

Emilio Cecchi tenta di eludere il problema di una stroncatura al libro di un'amica, scrivendo un pezzo di colore, mentre l'impietoso Soffici, alieno, come si dichiara, dalle galanterie osservate "da tutte le Francie" parla del progredire di una malattia contratta dall'Aleramo, morsa dalla tarantola della letteratura.

Molto raramente viene a galla lo sforzo che Etto-

---

[12] A. Sestan, *Sibilla Aleramo e il femminismo*, in "L'Era nuova", 13 febbraio 1921.

[13] M. Sarfatti, *Le cronache del venerdì. Zuccoli, Corra, Aleramo*, in "Il Popolo d'Italia", 22 dicembre 1922.

re Romagnoli coglie di "una sensibilità assoluta che fa pensare al Rousseau [...] prontissima, esasperata, dinanzi ad ogni fenomeno di vita: la tempra schiettamente femminile di questa sensibilità...".[14] E se è pur vero che l'Aleramo rimase sempre estranea alle correnti letterarie è interessante l'osservazione di Piero Gobetti su *Il passaggio*, quando parla di "esperienze vociane capite da una donna...".[15]

La Francia: affinità elettive. L'ultima tappa per ricostruire la storia de *Il passaggio* ci porta in Francia. Oltralpe, quando, nel 1922, presso l'editore Riéder, apparve l'edizione tradotta da Pierre Paul Plan, il libro venne accolto bene; "con lirismo appassionato e con passione lirica, con vigorosa intensità di emozione e con esasperata sensibilità, con straziante sincerità e con delicato ardire, la signora Sibilla Aleramo evoca più di quanto racconti il romanzo d'amore e d'anima, di carne e di pensiero della sua protagonista [...] *Il passaggio* è il romanzo di un poeta[16]: così "Le Figaro" recensisce il libro.

Schneider vuole annoverare il libro "tra le opere più alte create dalla lucida intuizione femminile",[17] e Mauclair lo indica come esempio del genio italiano nel quale "non si trova mai ciò che qui chiamiamo letteratura, quest'arte del calcolo verbale dello scrittore accorto che domina i suoi effetti di stile".[18] Il divario tra il giudizio critico francese e quello italiano è così forte

---

[14] E. Romagnoli, *La produzione intellettuale. Le opere di Sibilla Aleramo*, in "Industrie Italiane Illustrate", gennaio 1921.
[15] P. Gobetti, *Sibilla*, in "Il Lavoro", 12 luglio 1924.
[16] H. de Régnier, *La Vie Littéraire*, in "Le Figaro", 14 novembre 1922.
[17] E. Schneider, *Sibilla Aleramo*, in "Comoedia", 19 gennaio 1923.
[18] C. Mauclair, *Le génie italien*, in "L'Eclaireur de Nice", 9 novembre 1922.

da indurci a pensare che la Francia fosse molto più preparata a capire il romanzo: Sibilla scrittrice è più vicina alla letteratura francese che a quella del suo paese.

Quella cultura l'aveva conosciuta nel pieno del suo splendore, durante il viaggio a Parigi del 1913, quando aveva incontrato Rodin, Apollinaire, Valery, Verhaeren, Zweig, Peguy e Rachilde. Con molte scrittrici aveva avuto rapporti precedenti, visto il suo interesse per la letteratura femminile che risaliva ai tempi della sua collaborazione a "Nuova Antologia", e per l'attenzione particolare che aveva dedicata alla letteratura femminile straniera. Nella corrispondenza che ebbe con tutte loro, grande fiducia e forte stima le viene espressa per il suo impegno giornalistico alla causa femminile, ancor prima della pubblicazione di *Una donna*.

Ecco quanto, nel 1910, le scrive Natalie Clifford Barney: "je vous fais envoyer le dernier livre paru de Renée Vivien, ainsi q'un livre de moi où vous trouverez des poèmes qui lui sont dédiés. Votre article sur les femmes poètes m'interessera ainsi que votre livre – non je ne connais pas l'italien, mais j'attend avec impatience 'une femme' en français, selon votre si aimable promesse...".[19]

Ospite di Sibilla a Parigi era stata Aurel, romanziera, moglie di Alfred Mortier, nota per i suoi martedì letterari, durante i quali si presentavano nuovi autori, soprattutto poeti, e genericamente si discuteva d'arte e di attualità. Sibilla da tempo l'aveva additata come scrittrice nuova e presentata al pubblico italiano in un articolo che non è solo importante per conoscere Aurel, ma per un discorso più ampio

---

[19] Tutte le lettere citate da qui in poi fanno parte dell'Archivio Aleramo, depositato presso l'Istituto Gramsci e sono inedite. La trascrizione di questa lettera è testuale.

che rientra nella rivendicazione di una scrittura al femminile che abbiamo scoperto sottesa alla creazione de *Il passaggio*, nel quale parla del "leale stupore" che le viene ripetutamente espresso dagli uomini che incontra e che manifestano l'impressione non comune di riuscire a parlare con lei da pari a pari. Afferma allora che per conquistare questa stima ella ha dovuto "capire l'uomo, imparare il suo linguaggio [...]. Ciò è costato – lei dice – allontanarmi da me stessa [...]. In realtà io non mi esprimo, non mi traduco neppure: rifletto la vostra rappresentazione del mondo, aprioristicamente amessa, poi compresa per virtù di analisi; ma non vi do l'imagine delle cose quale è nel mio profondo, intuizione, poesia, meraviglia tanto quando è simile alla vostra come quando è opposta; la trascuro anche se non la tradisco: per estrarla, occorrerebbe che voi faceste altrettanto verso me lo sforzo d'attenzione e d'abnegazione ch'io ho usato con voi".[20]

Questo articolo, scritto durante la permanenza a Parigi, venne mandato in lettura alla Barney: "merci, chère Madame et presque voisine, de m'avoir permi, avant d'autres, de lire cet article sur Aurel. Elle a en vous l'admiratrice qu'elle merite, et je vous suis reconnaissante de votre comprehension enthousiaste". Come si legge, nessuno stupore avevano generato le tematiche che l'articolo sviscerava, le stesse per le quali l'Aleramo venne accusata dalla sua amica Leonetta Cecchi di mancanza di raziocinio e le stesse per le quali Adolfo Orvieto, direttore del "Marzocco", invocava una chiara e definitiva risposta sulla natura del "genio tipico fem-

---

[20] L'articolo, col titolo de *La pensierosa*, fa parte di *Andando e stando*, cit., pp. 113-114.

minile" del quale l'Aleramo rimpinzava gli articoli inviati al suo giornale.

L'accoglienza affettuosa che circondò Sibilla a Parigi era dunque il frutto di un'intesa di fondo con le sue colleghe. Per alcune di loro fu l'occasione di una conoscenza diretta, per altre un rivedersi dopo molto tempo. Le furono vicine Colette, Marcelle Tinayre, Gérard d'Houville, Romaine Brooks, Renée d'Ulmés, Natalie Clifford Barney e Anna de Noailles; quest'ultima accolse *Il passaggio* con grande emozione: "A travers les brumes douloureuses d'une grippe accablante, j'ai lu, relu, infiniment aimé votre livre flamboyant. La vie y est à l'état incandescent. Je vous remercie, Fille du Feu, de m'avoir adressé, avec tant d'amitié, ces pages d'un éternel été!".

Alcune di queste donne facevano parte di un gruppo, chiamato delle *Amazzoni*, sorto intorno al '900 che faceva rinascere la scuola poetica di Saffo, nella memoria romantica del mito greco, alla ricerca concettuale nuova della sessualità.

L'ambiente è ben descritto nei romanzi di Colette e in particolare in una sua opera, *Comment les femmes devienent écrivains*, ben noto a Sibilla. Il nome più vicino a questa rievocazione mitica di atmosfera dionisiaca è quello di Renée Vivien che Sibilla non conobbe mai personalmente: come molte del gruppo è vicina alla poetica di Verlaine e di Baudelaire.

Sibilla non visitò mai la casa notturna di Renée, ma certamente frequentò quella di Natalie, nella quale gli incontri erano pure alla luce della trasgressione che serpeggiava in quel mondo, se di lì a poco queste donne – all'inizio del primo conflitto mondiale – incitavano le altre donne ad andare "à l'amour comme ils vont à la guerre".

L'ammirazione esaltata di Sibilla era in particolare rivolta a una di loro, ex attrice di cabaret e poi scrittrice. In Colette aveva trovato "una rispondenza così costantemente perfetta dello stile con lo spirito dello scrittore"[21] e, in un costume che la toccava da vicino, "una vita tradotta in arte per magica virtù".[22]

Tradurre l'esistenza in arte è il tentativo di questa avanguardia femminile francese che solo nella Parigi di quegli anni avrebbe potuto avere non solo asilo, ma riconoscimenti ufficiali.

Le strade che si possono seguire per avvicinare questo libro sono molte, come si è visto: ciascuno può cercare di rintracciarne o di tracciarne una sua. L'importante è che questo canto sia guidato dallo stesso entusiasmo verso la vita che fu di Sibilla. *Il passaggio* – come dice lo stesso titolo – è una tappa non eludibile nella comprensione di questa scrittrice e oggi forse i tempi sono maturi per riconoscerne le qualità.

La fama dell'Aleramo che non si è spenta fino ad oggi, anzi ha ritrovato nuovo vigore, s'è affermata via via fra grandi rifiuti o grandi entusiasmi critici, forte – è bene metterlo in evidenza – della simpatia e dell'interesse che ha riscosso nei lettori anonimi.

1985

---

[21] Cfr. *Andando e stando*, cit., p. 91.
[22] Cfr. *Andando e stando*, cit., p. 90.

Nota alla postfazione

Spero che le indicazioni che scrissi in questa postfazione del 1985 possano ancora essere utili ai lettori. I ritocchi fatti sono di puro aggiornamento.

Dopo tanti anni, durante i quali mi sono mossa fra le carte di Sibilla Aleramo, ho proposto di dedicare questa ristampa alla memoria del poeta Adriano Vitali e del pittore Alfio Lambertini, "i due A", come teneramente li definisce Sibilla nei suoi *Diari*, che con affetto e dedizione la accompagnarono fino alla vecchiaia estrema e con gioia accolsero dalle mie mani l'edizione Serra e Riva di quattordici anni fa. La memoria dell'antica amica aveva già creato fra noi un forte legame, in nome del quale hanno donato alla Fondazione Istituto Gramsci carte, manoscritti e corrispondenza, non solo dell'Aleramo, ma anche della comune amica Fausta Terni Cialente.

2000

Nota

La presente ristampa è tratta dall'edizione pubblicata da Treves nel 1919, la prima in ordine di tempo, seguita dall'edizione Bemporad del 1920 e poi da quella Mondadori del 1932.

Restano nell'archivio di Sibilla Aleramo due stesure di quest'opera, entrambe manoscritte e nessuna rispondente alla stesura definitiva.

La prima in ordine di tempo, costituita da fogli di vario formato e qualità rilegati insieme, rivela il travaglio di scrittura che questo libro comportò, non tanto e non solo per le parti che poi non vennero incluse nel testo dato alle stampe, ma per l'intenso ricorso a correzioni che eliminò via via riferimenti troppo precisi a nomi e a situazioni e per il frequente lavoro di limatura del testo, che tentava una forma di romanzo sempre più rarefatta. Il manoscritto chiarisce anche il metodo di scrittura de *Il passaggio*. Molte delle pagine che vi appaiono sono note di taccuino di varie epoche, una sorta di diario dell'anima che Sibilla portò avanti fino dal 1902 e accorpò nel testo confidando nell'emozione dell'istante che ne aveva dettato la scrittura.

Il passaggio – come risulta anche dal manoscritto oltre che dalla corrispondenza di quegli anni – venne iniziato a Sorrento e non a Capri, come il romanzo reca in calce. Il farne risalire l'inizio della stesura al precedente soggiorno in Corsica ha un suo senso ideale, se si pensa che lì Sibilla scrisse la sua prima poesia e che lì iniziò i suoi tentativi di scrittura nuova.

Il primo capitolo, *Il silenzio*, è in realtà l'ultimo in ordine cronologico: esso porta infatti la data "Capri, 29 settembre 1918"; il capitolo seguente, *Le ali* – il primo in ordine di stesura –, porta invece la data "Sorrento, ottobre 1912", mentre l'intero manoscritto reca in calce la data "Capri, all'alba del 21 settembre 1918".

Ancora da questa stesura sappiamo che il primo titolo preso in esame, poi mantenuto solo come epigrafe nella versione definitiva de *Il passaggio* è *Qualche cosa di ricco e di strano*, tratto da *La tempesta* di Shakespeare.

La seconda stesura – molto vicina a quella definitiva – presenta ancora numerose varianti, soprattutto ne *Le notti* e ne *La poesia*.

Nel testo appaiono poi annotazioni a matita e correzioni non di pugno dell'Aleramo: di una parte di esse Sibilla tenne conto nel testo che diede alle stampe.

Sappiamo che il manoscritto venne letto da Alfredo Gargiulo e da Ferdinando Agnoletti.

A parte, restano numerosi fogli, definiti da Sibilla Aleramo stessa varianti ad alcuni capitoli del romanzo.

Indice

Pag.   7   IL PASSAGGIO

          9   *Il silenzio*

      11   *Le ali*

      20   *La lettera*

      33   *La fede*

      42   *Il nome*

      50   *Il peccato*

      58   *Le carovane*

      66   *La favola*

      72   *Gli occhi eroici*

      77   *Le notti*

      93   *La poesia*

      97   *Postfazione*
                di Bruna Conti

    115   *Nota alla postfazione*

    117   *Nota*

*Stampa Grafica Sipiel
Milano, febbraio 2000*